Wilhelm Klassen

75 Jahre

Geschichten aus dem Leben

Impressum

Bibliografische Information der Deutschen Nationalbibliothek:
Die Deutsche Nationalbibliothek verzeichnet diese Publikation in der Deutschen Nationalbibliografie; detaillierte bibliografische Daten sind im Internet über http://dnb.dnb.de abrufbar.

Herstellung und Verlag: BoD – Books on Demand, Norderstedt

ISBN: 978-3-7583-1924-2

Inhaltsverzeichnis

VORWORT

Ich habe auf dieser Welt bisher keinen Zweiten finden können, der wie mein Großvater zu jedem Thema einen Witz oder eine Anekdote kannte und uns diese gerne erzählte. Und erzählen konnte er!

Beim Durchlesen seiner Aufzeichnungen, von selbsterlebten Begebenheiten, habe ich sehr vieles erfahren, was mir bisher nicht bewusst war und es tut mir im Nachhinein leid, dass ich nicht mehr Zeit bei Gesprächen mit meinem Großvater verbrachte habe. Wenn man liest, welch bewegendes Leben meine Vorfahren hatten, bin ich umso mehr dankbar für das wunderbare Leben, welches ich dank ihren Leistungen und Erfahrungen führen darf.

Der Text im Russischen ist so geblieben, wie er direkt der Feder meines Großvater entsprungen ist. Bei der Übersetzung ins Deutsche mussten wir natürlich zum Teil Anpassungen vornehmen, wobei für uns der Inhalt Vorrang hatte. Wichtiger ist doch, was geschrieben steht und nicht wie es geschrieben ist.

Mein Großvater war vermutlich der einzige, der wirklich Interesse hatte und Wert auf meine Schreibtätigkeit legte. Immer fragte er, ob ich etwas neues geschrieben habe. Und er sagte auch, ich solle niemals damit aufhören. Daher habe ich mich entschlossen, ihm zu Ehren, seine Aufzeichnungen auch in Gedichtform wieder zu geben. Auch hier lege ich mehr Wert auf den Inhalt, als auf das Ausschmücken, die Poesie.

Lasst euch fesseln von den Erlebnissen eines großartigen Menschen, meines Großvaters!

75 - много это или мало? Сложно ответить однозначно. Порой не чувствуешь груза прожитых лет и тебе кажется, что все еще впереди. Но это обман. Когда голова делается белой, когда к вечеру с трудом встаешь на ноги, а ночью не можешь уснуть - начинаешь понимать, что ты уже не мальчик. Вот передо мной банка, а в ней - 75 вопросов. На каждый прожитый год один вопрос. Вопросы не систематизированы и потому это не автобиография. И отвечать буду в таком порядке, в каком будут вопросы.

В каком месте я бы хотел жить?

Жить поближе к земле. Я вырос на земле и люблю копаться в земле. Люблю животных.

Друзья детства - как их звали и во что играли?

До 1946 года у меня не было друзей и играл с сестрой и братьями. Так как наше село было чисто немецким, то языка русского я не знал.

1946 год. Уже год как закончилась война. Нищета, голод еще на каждом шагу. Досыта покушать удается не каждый день. В пищу идет все, что можно только найти: птичьи яйца, суслики, прошлогодние колоски, крапива. К осени отца, сельского учителя, перевели в большое русское село учителем математики и немецкого языка. Пришлось в срочном порядке учить русский язык. И я до сих пор благодарен своей первой учительнице за ее терпение. До сих пор помню ее - Анна Васильевна Сафонова. Своих друзей

- Борчикова Володю и Юрия Гуральник - я нашел в этом селе. Мы были очень дружны и старались все свободное время быть вместе. Хотя времени свободного было не так уж много. Каждый имел свои обязанности: это и прополка огорода, заготовка топлива; нужно и воды натаскать в бочку, и грядки полить. Ближе к вечеру собирались вместе поиграть в городки, лапту, в прятки. О футболе мы не знали ничего. Радио слушали иногда, а в кино ходили два-три раза в год. Много времени уделяли голубям, кроликам.

Эпохальные события 20-го века

Полет Гагарина. Мне 25 лет. Тут мне придется помолодеть на 10 лет. Итак, мне неполных 15 лет. После уроков мать послала меня за хлебом. До магазина №10 добрых 3 км. Магазин еще закрыт на обед и я могу не торопиться. Иду я не спеша и читаю „Пионерскую Правду“, а в газете статья о том, что возможны полеты в космос и на другие планеты. И тогда подумал, что это может произойти через 50-100 лет. А потому и первый спутник, и полет Гагарина для меня были чудом. Все мы гордились успехами Родины и ждали новых полетов.

Какие поставленные цели в жизни были достигнуты, а что так и не удалось?

В то время у меня была одна цель - быть сытым. Голод. Это страшно. Я человек и голоден. Я не могу ни о чем думать, не могу сконцентрироваться. Чувство голода преследует меня повсюду, и самая большая мечта - это кусочек хлеба.

Была у меня и другая большая мечта. В 4-5 классе директор школы - Деркач Антон Петрович - большой любитель пения, решил, что из меня можно и нужно лепить певца. Он меня убеждал петь и даже нашел преподавателя. Два урока он с нами провел. С нами - это я и Коля Ковалев. А дальше все пошло кувырком. Директору заявили, что у него общеобразовательная школа, а не музыкальная, и оплатить преподавателя он может только из своего кармана. На этом и закончилось мое музыкальное образование. Хотя для себя пою до сих пор.

Каким был мой первый рабочий день?

1953 год. Мне 16 лет. Только что я получил паспорт на 5 лет. Найти работу в городе не возможно. Сестра одна нас прокормить не в силах. И решили на семейном совете перебраться в деревню. Там работа нашлась и для сестры, и для меня с братом. Совхоз был молочно-мясного направления. Три больших свинарника и все эти свиньи хотели жрать, а их накормить - нужно ячмень молоть. Вот на эту работу нас, т.е. меня и брата, и определили. Мне - 16, брату - 14, и оба мы дистрофики. Никакой механизации в помине. Ячмень в мешках на первом этаже и его надо по лестнице поднять на второй этаж и высыпать в бункер. Готовая мука (дерть) - на первом этаже. Мешки нужно наполнить и выставить. Правда нас с братом быстро заменили. Все понимали, что эта работа нам не по силам. Так, что неделя, проведенная на мельнице, была для меня мучительно-каторжной.

Какая у меня была любимая игрушка?

Не было у меня любимой игрушки. Были любимые животные - это собака, голуби, кролики. Расскажу о самом смешном приключении в детстве. Купил отец козу, и так как я старший из ребят, выпало мне ее пасти. Коза эта давала неплохое молоко, но имела очень плохую привычку. Стоило мне нагнуться, как тут же получал удар в попу. Любила эта скотина молочай (есть такая трава) и растет она в ямах, канавах. Однажды нашел я такую яму, глубиной около двух метров и решил посмотреть, как мне удобнее вниз спуститься. Я встал на четвереньки и тут получил удар в ж.пу. Выбраться сам я не мог. Коза же убежала домой. До вечера я просидел в яме, пока меня отец не нашел. После этого случая козу продали.

Какое из своих качеств я хотел бы передать своим внукам и правнукам?

Прежде всего - это трудолюбие. Трудолюбие во всем.

Каким был для меня мой первый день в школе? Какие мысли посещали меня в этот день?

1946 год. Первое сентября. Школа у нас семилетка, деревянной постройки на высоком фундаменте. Большой двор, на котором стоят ряды школьников. Перед рядами вышагивает Миша Рева. Он очень горд. Это его последнее представление и он не хочет ударить в грязь лицом. Ведь Миша - сам еще ученик 7-го класса. Не было физрука в школе и ему доверили заниматься со школьниками. Но сегодня все изменится. Вернулись в родные края уцелевшие солдаты, и в нашей школе появились два новых учителя. Это директор – Сафонов Павел Васильевич и физрук – Марчук. Ряды школьников стоят по стойке смирно, все взоры на крыльцо. Вот открывается дверь и на крыло выходят наши педагоги. Все нарядно одетые и особенно директор. Он в военной форме полковника. Вся грудь в орденах, сапоги зеркальные. Мы все его глазами кушаем. Миша что-то ему докладывает, но мы его не слушаем. Все наше внимание - это директор. Столько наград мы никогда не видели. Мы все были очень горды за нашу школу.

Расскажи как ты начал курить?

Весна. Впереди экзамены. Все мальчишки нашего класса курят. Лишь я - белая ворона. Надо мной не зло шутят. При школе небольшой сад. Это, в основном, старые тополя. В дупле одного дерева хранятся запасы махорки (рубленый табак). На каждой перемене все спешат к заветному дереву. Так как в классе у нас есть ребята по 18 лет и они уже не реагируют на замечания учителей и ходят в школу, лишь бы не тревожить военкомат. Осенью им идти в Армию. Ребята эти, а это Медведев, Бутко, Смелов и еще несколько, не щипко утруждали себя приготовлением домашних заданий. Часто за Медведева я делал домашние задания. Был этот парень большого роста, носил отцовскую шинель и ходил в кино на взрослые сеансы, а меня туда не пускали. Так он под шинелью прижмет меня к себе, а я был худой и шинель все скрывала. Так я мог попасть в кино. Ведь денег на билет у меня не было. Однажды после сдачи экзамена мы все в саду. Ребята курят и надо мной подшучивают. Тогда Медведев и говорит, если затянешься и не закашляешь, я дам тебе 10 рублей. Для меня - целое состояние. Выиграл я эти 10 рублей и стал курить. А мне неполных 16 лет. После, встав взрослым, я понял, что это была большая ошибка с моей стороны, а тогда совсем другими глазами смотрел на это пагубное занятие. Курил я много лет и отвыкание было долгим и мучительным, но я сумел.

Что я любил покушать в детстве?

Мое любимое лакомство? Был жестокий голод и любой кусочек хлеба мог стать лакомством. Печеная картошка - лакомство, вырванная с грядки морковка не тоньше пальца - уже лакомство.

Хрущевская оттепель. 1954 - 1965 гг.

После смерти Сталина у руля встал Булганин, но недолго, и его сменил Маленков – вот он-то и дал вздохнуть крестьянам. Отмена сельхозналога стала большим событием на селе. Маленков не долго оставался у руля, и в 1954 году его сменил Никита Хрущев. После амнистии 1953-1954 годах из мест не столь отдаленных вернулся отец. После 3 лет заключения, а осужден он был к 8 годам и мы, то есть семья, не ждали его возвращения. Ведь ему еще 5 лет сидеть. Но вот он дома и нашей радости нет предела. На дворе весна. Днем и ночью гудят трактора, идет массовое уничтожение целинных земель. Но люди еще не знают, к чему приведет эта грандиозная компания. 3-4 года страна получит миллионы пудов целинного хлеба. И столько же оставалось не убранным. Хорошей погоды всего 2-3 недели, а затем дожди и снег. Зернохранилищ не хватало и спасти хлеб на токах часто не удавалось. Но вот стали появляться первые признаки эрозии почвы. Пыльные бури унесли плодородный слой земли аж до Монголии. Урожайность резко упала, и, по-моему, поднятие целинных земель была большой ошибкой науки и руководства страны, т.е. Хрущева.

Мы всей семьей переехали на станцию Топчиха и устроились на работу. Строился большой элеватор. Отец - каменщиком, а подсобным рабочим - я. Никаких кранов нет, все материалы подаются вручную. Задача наша (подсобников) - снабжать кирпичом. Нас человек 10-12. У каждого своя „коза". Коза - это деревянная площадка с лямками как рюкзак. На площадку накладывают кирпич, обычно 10-12 штук и по трапу идешь наверх. Работа тяжелая, но мы были молоды. Вскоре несколько рабочих командировали на станцию Ребриха. Через год получил специальность каменщика-печника.

1954-1955 года. Стали в армию брать немцев. Все знакомые ребята осенью ушли служить, а меня не взяли. Слишком тощий был, не хватало 14 кг, и потому обещали, что через год пойду служить. Обидно было. Стройка подходила к концу и спрос на строителей упал. Сестра вышла замуж и работала почтальоном. Боясь остаться без работы, мы после долгих споров решили сменить место жительства. Но хотелось найти такое место, где и река, и горы. Такое место мы нашли - это был Горный Алтай. Река Бия. Тайга. Для нас здесь все ново, интересно. До этого мы жили в степном районе и не видели никогда ни гор, ни реки, ни тайги. Нас пятеро: отец, мать и нас трое ребят. Я старший и два брата - это Володя и Шура, они двойняшки. Володя работает, а Шура дома - у него врожденный порок сердца и он скоро умрет. Работа для нас с братом знакомая. И пастухом работал, и коровник строил. Доводилось и лошадей объезжать.

В 1956 году к нам приехала сестра с мужем. Стали строить свой дом и к осени закончили. Обзавелись хозяйством - это коровенка, поросенок, гуси, индюки, утки, куры. Итак, жизнь налаживалась. Но беда была уже рядом. Умер брат Александр. Мы очень тяжело перенесли эту утрату. Особенно мать. Стали бояться за ее рассудок. Она могла часами сидеть возле могилы сына. Да и само кладбище находилось в ста метрах от дома. Во избежание дальнейших неприятностей было решено увезти мать подальше от могилы сына. К этому времени брат Владимир уже был женат и ждали первенца. Сестра с мужем оставались там. Мы же - отец, мать, я и брат с женой тронулись в дорогу. Была у матери сестра, у которой и было решено пока остановиться, оглядеться. Отец решил вернуться к своей прежней работе, учителем. Брат пошел работать в колхоз, а я был на распутье. Но скоро я узнал, что в соседней деревне находится училище механизации сельского хозяйства и идет набор курсантов. Был принят на шестимесячные курсы. Моя будущая специальность - механик-комбайнер. Но пока я курсант, получил место в общаге. В комнате нас четверо. Мы очень дружны, но всегда голодны. Кормят нас не так уж и плохо, но мы молоды и тратим много энергии. Мне 22-й год.

Однажды ребята мне говорят, что в общаге меня ждет мой отец. Отец решил меня навестить и у него были знакомые еще до войны. Вот к ним он меня и повел. По дороге мне объяснил, что знает этих людей давно и ждет меня там тормозок. Булка домашнего хлеба и хороший кусок сала. Но главного он скрыл. Не только хлеб и сало там были.

Встретила нас молодая румяная девушка. При виде ее я был в полной растерянности. Не мог пару слов найти и, прихватив хлеб и сало, я быстро ушел. С ребятами мы быстро управились с хлебом и салом. О девушке я ребятам ничего не говорил. Я не мог дождаться вечера. После уроков я отправился к ней и пригласил в кино. Она согласилась. А весной мы поженились. Вот так эта румяная девушка стала моей женой и ей было не полных 18 лет.

Год 1958. После учебы мы переехали в совхоз, где и началась моя трудовая деятельность как механик-комбайнер. Жена работала дояркой, но вскоре выяснилось, что нас ждет прибавление в семье. В январе родилась у нас дочь Наташа. Зима была лютая, а родильный дом за 40 км, куда и отвезли жену. До сих пор стыдно, что не смог быть рядом. Ведь это был наш первый ребенок, а условия, в которых мы тогда жили, были далеки от нормальных. Одна комната на втором этаже, продуваемая всеми ветрами. Топить печь нечем. Купать ребенка - это целая проблема. Купить уголь и дрова не у кого. Когда меня приглашали на работу, то обещали помочь и с квартирой, и с топливом. Но это были пустые слова. Я был обманут. После скандала с руководством совхоза, забрав жену и дочурку, мы перебрались к теще, а весной 59-го уехали к ее сестре, жившей в Казахстане. На новом месте нам нравилось, правда, жилищные условия не ахти. Землянка, построенная чеченами во время войны. Окна на уровне земли. Две комнаты. Одна - это и кухня, и прихожая, вторая - это и спальня, и зал. Главное преимущество землянки - она теплая. Обзавелись коровенкой, поросенком; гуси, утки, куры во дворе. Дочка гоняет во дворе цыплят или с кружкой бежит за мамой. Мама доит корову, а дочка ждет, когда ей нальют парного молока. Папа же и пашет, и сеет, и убирает. У мамы большой огород, который я ночью вспахал и за который меня не хвалили. Теперь нужно как можно быстрее все посадить. Работы много, а в сутках только 24 часа, и потому мы мало спим.

Так бы и продолжалась наша жизнь в этой деревне, да вот „беда": решили строить свой дом. А это проблема, да еще какая. Все упирается в лес. Где достать, где купить. И решили с женой продать корову, свинью, гусей, уток, и на эти деньги купить бревна. Пилорама в колхозе была своя. Да вот маленькое, но которое переросло в большое «НО»: в свое время теща нам подарила теленка от хорошей коровы, т.е. от коровы, дающей много молока. Телка выросла и должна была вскоре принести приплод. Вот эту будущую корову мы хотели оставить себе, а старую продать. Вот тут и нагрянуло это проклятое «НО».

Первый секретарь Рязанского комитета КПСС обещал Хрущеву выполнить три плана по мясу. Вот эту пагубную инициативу подхватили и другие обкомы и райкомы, в том числе и наши. Явились и к нам во двор. На все наши просьбы подождать, пока отелится наша телка, мы получили отказ. Мы с супругой долго думали, что же делать. Отдать корову, которая дает молоко, хотя не так много как хотелось бы, и оставить детей без молока - основного продукта на деревне, или отдать телку? Мы с женой не могли решиться ни на один из вариантов. Но все решили без нас. Однажды наша телка, наша надежда, не вернулась домой. Пастух, живший через дорогу, мне объяснил, что телку нашу прямо из стада погрузили в машину и увезли на мясокомбинат. И это телку, которая должна вскоре отелиться. Ни один хозяин, если конечно он не идиот, не станет резать в таком случае скотину. Я с женой были шокированы. Был грандиозный скандал. Меня обвинили во всех смертных грехах, и в том, что меня обворовали, меня же и обвинили. Теперь наша мечта о своем доме стала призрачной. Уплатили нам за нашу скотину 91 рубль, а продали бы на базаре - в три раза больше бы получили. 91 рубль - много это или мало? Мало. Когда в доме дыр больше, чем успеваешь закрывать, то и деньги эти разошлись быстро. Но осталась обида, которая до сих пор не прошла.

Правда ближе к осени немного успокоились и стали думать, что можем мы продать, чтобы за зиму купить лес. И решили продать одну свинью, а одну оставить себе. Потом на очереди гуси, утки и мука. Теща у меня работала мельником и проблем с мукой у нас не было. Да вот опять проклятое «НО». Кто-то решил, что две свиньи многовато и одну нужно забрать. Подогнали машину: участковый милиционер, два депутата сельсовета и два грузчика стали меня убеждать, что одну свинью надо непременно отдать. Мы с женой были другого мнения и свинью мы не отдали. На другой день меня пригласили в сельский совет, где человек восемь меня стали убеждать, просить непременно продать свинью и не противиться решению райкома. Тут и лесть шли в ход: мол, ты молодой специалист, хороший комбайнер, а вот политику партии не понимаешь. Посоветовали идти домой и подумать. А дома меня ждал отец. Валя уже все рассказала отцу и он посоветовал продать свинью и не ждать пока силой заберут. Что и было сделано. Был большой скандал и меня лишили работы. На носу уборка хлебов и комбайнер в каждом хозяйстве нужен. И, погрузив свое небогатое имущество на машину, мы покинули Егоровку.

На календаре 1961 год. На новом месте уже на Алтае, в селе Отрадном, где жили отец с матерью, сестра с мужем и детьми, я сразу же получил комбайн, а после уборки хлебов пересел на трактор. Оборудован трактор был стогометом и уборка соломы в скирды была моей основной задачей. Работы хватало и мне, и супруге. Большой огород, двое детишек, скотина, да и дом нужно было содержать: где-то подмазать, побелить, скотину накормить, напоить, подоить. Вся эта работа ложилась на плечи жены. Вспоминается смешной случай из нашей жизни. Уборка в самом разгаре и тут жена мне говорит: нечем кормить уток, курей. Но уже объявили, что на днях будут выдавать заработанный хлеб (зерно). Да, это на днях, а утки и куры хотят сегодня жрать. Косил же хлеб прямо за нашим огородом. Вот и решил я оставить в бункере немного зерна и ночью за ним сходить. А контроль был налажен очень строгий и вся эта затея могла закончиться тюрьмой, если бы нас поймали. И все-таки решили с женой рискнуть. Взяли каждый по мешку. Глубокая ночь. Деревня спит. Мой комбайн стоит первым, за ним еще два. Я с женой в бункере. Насыпали в каждый мешок килограмм 30 зерна и слышим голоса. Ну вот, влипли… Бежать поздно. Их двое на лошадях, догонят сразу. Сидим не дышим. Эти двое проверили один комбайн, затем второй, но они были пусты. Идут к моему. Один остался с лошадьми, а второй лезет на мой комбайн. Обоих мы узнали, это не контролеры, а даже дальние родственники. Как только голова его показалась над бункером, я обратился к нему с вопросом, чего, мол, ищем, Петро. Для него это был шок. Ведь не мог он знать, что в бункере затаились двое воришек. Ну и сиганул со страху прямо сверху да и бежать. Пришлось громко звать его обратно. Сильно был обижен. Сами ехали воровать и так влипли. Но все закончилось благополучно. Хватило им тоже пшенички. Больше я с женой не ходил воровать.

Осенью попал при заготовке кормов под дождь со снегом, застудил позвоночник и попал в больницу. Долго болел. Работать на тракторе не мог. Работал ночным конюхом, т.е. сторожем на конюшне. Мне нет еще и тридцати. Надо было думать, как дальше жить.

Вместе с сестрой побывали в гостях у брата в Казахстане, в поселке городского типа Шахан. Мне понравилось. Тут я впервые увидел телевизор. Впервые видел туалет в квартире и даже не мог им пользоваться, так как было стыдно. Весной 1963 года мы переехали. Сначала остановились у брата, но вскоре перебрались в барак. Две большие комнаты и полчища клопов. Пришлось объявить им войну, но одержать полную победу так и не смогли. На работу устроился сразу по своей старой специальности. На каменщиков был большой спрос. Строил в основном дома. Жена сначала работала техничкой в магазине, затем, после учебы, кочегаром паровых котлов. Работа не для женщин, физически очень тяжелая работа. Можно было на стройке работать, но без специальности, опять же, носилки. Но вскоре появилась возможность учиться на крановщика. После учебы работала на заводе ЖБИ (завод железобетонных изделий). Из барака мы переехали в благоустроенную квартиру. Дети круглые сутки в садике.

О смене правительства я узнал в совхозе, где мы строили животноводческий комплекс. Все мы если и не радовались, то и не печалились, слез не лили, ведь Хрущев много ошибок допустил. Но вот его время кончилось.

Какие отношения были у меня с моей тещей?

Самые хорошие. У нее было одно прекрасное качество: она не вмешивалась в нашу жизнь.

Что я хочу еще успеть в своей жизни?

Самое сокровенное мое желание - это помочь поднять на ноги моих внуков.

Помню ли я своих бабушек и дедушек?

Маминых родителей я помню мало. Когда их забрали, мне было 5 лет. В памяти сохранились отдельные эпизоды. Была она крупной женщиной и, по-моему, всезнающей. К ней мы, дети, бегали за помощью и всегда она находила для всех и время, и нужные слова. Деда я помню хуже. Был он меньше ростом чем бабушка. Работал садовником в колхозе. Когда зрела ягода, он иногда брал меня с собой. Звали деда Гендрих. А вот деда Яшу я знал лучше. Это был крупный и очень сильный в молодости человек. В колхозе он уже не работал, но всегда был при деле. На своей телеге он все лето возил траву, дома ее сушил. Так он готовил сено для коровы. Возил и дрова из околка. Часто и меня с братьями посадит на телегу, сам одевает хомут собственного изготовления, оглобли в руки и поехали за травой или за дровами. Отец мне рассказывал, что дед однажды сильно осерчал на молодого быка, который не желал работать, а дело было весной на пахоте. У деда два быка: один старый, а второй молодой, и тащить плуг он не желает. Дедушка по натуре очень спокойный и вывести его из себя довольно трудно. После долгих попыток заставить быка работать, дедушка со всего маху врезал быку кулаком в лоб. Бык упал и долго не мог встать. Бык очухался, а дедушка еще долго каялся и ругал себя, что не сдержался. Был дедушка трижды женат. Последняя жена деда не была матерью моего отца. Мать моего отца умерла после родов и отца воспитала мачеха. Звали ее Анна. Другая бабушка по материнской линии - ее звали Зара. Я хорошо помню, как ее увозили на санях. В одни сани посадили бабушку и двух ее дочерей, а в другие сани сели два конвоира. Только сегодня я узнал как она погибла. У нее были очень длинные волосы и вот этими волосами ее привязали к дереву и оставили умирать. А где могила - никто не знает...

Веришь ли ты в Бога?

Я верю в создателя.

Самое сильное эмоциональное потрясение моего детства

Арест отца и смерть Сталина.

Как я познакомился с моей женой?

На этот вопрос я ответил в начале.

Мой любимый певец или певица

На первое место я бы поставил ABBA, а дальше - Роберто Лорети, Русланова, Анна Герман, София Ротару.

Самый любимый предмет в школе

Литература и география.

Мой первый учитель

Сафонова Анна Васильевна.

Какую профессию я бы посоветовал выбрать моим внукам?

Какую бы профессию ни выбрали, ведь главное, чтобы она им нравилась, чтобы не была в тягость, а радовала.

Расскажу смешную историю из моей рабочей жизни. Случилась эта история в самом начале нашей совместной жизни. После окончания училища я с женой попал или устроился на работу в совхоз Украинский. Получил новый комбайн - самоходный C4M. А жили на квартире у одной бабки с дедом. У старушки одна нога была короче, но она была очень подвижной. Жена стала дояркой и была уже беременной. Год 1958 был очень урожайным и очень тяжелым при уборке. Комбайн был настолько сырым, столько заводских ошибок, что приходилось больше ремонтировать. Спал прямо на рабочем месте, т.е. или в бункере, или в копнителе, да и то не больше двух-трех часов. И это не день, не два, а недели. От недосыпа человек тупеет. Поздно вечером нас ждал на краю поля бригадир. Мы, два комбайна, на втором - комбайнер Бурейко, и получили мы задание, после завершения уборки этого поля переехать на новое. Закончили мы во втором часу ночи. Дома в постели я уже неделю не спал. И решил я поспать хотя бы пару часов дома. Загнал я комбайн во двор, слил воду из радиатора и скорее в постель. Жены дома нет, она у матери. Уснул я мгновенно и снится мне, что я забыл поставить жатку на предохранитель и гидравлика не держит. Жатка под своим весом опускается, а под жаткой лежит хозяйский теленок. Я знаю, что жатка его задавит. Надо мне немедленно его выгнать, для этого надо мне залезть под жатку и удержать ее. Что я и сделал. Только не под жатку залез, а под кровать железную. Поднял я кровать спиной, она мне спину режет, мне больно - я кричу. Тут меня трясут и просят проснуться. Я уже вижу бабку, всю в белом и деда за ее спиной, но продолжаю кричать. Дед за бабкиной стеной крестится и „свят-свят-свят" шепчет. Бабушка была посмелее и добилась своего, сумела меня разбудить. Как я залез под кровать, как поднял спиной кровать - не помню. Но вот хозяев напугал крепко. Они подумали, что у меня не все в порядке с головой. Да еще спина у меня болела долго.

Мой любимый актер

Их много. Шукшин, Никулин, Тихонов, Броневой.

Мое первое впечатление от похода в театр

Впервые я был в театре в городе Ташкенте и смотрел постановку „Цыганский барон". Спектакль мне не понравился, а вот сам театр, его архитектура - меня очень впечатлили. Я больше разглядывал само здание, чем смотрел постановку.

Самая маленькая внучка: каким был для меня этот день?

Мы все знали, что должна родиться девочка и были готовы к этому. Ведь рождение ребенка - всегда событие. Детей мы с бабушкой любим. И если учесть, что, вероятно, это последняя в моей жизни внучка, то можно понять и наши чувства. Очень было бы радостно встречать ее из детского садика, как было с Лизой и Матти (Матиас). Хочу надеяться, что судьба даст мне еще несколько лет жизни.

Мое первое впечатление от телевизора

Впервые я увидел телевизор у брата в Шахане. Это был аппарат с небольшим экраном и металлическим корпусом. Год 1963. Для меня с сестрой это было чудо. Наш первый телевизор мы купили в 1965 году и звали его „Енисей". Передачи шли по вечерам и была всего одна программа. А вот сколько он стоил - точно не помню.

Мой первый заработок

Мой первый заработок - 504 рубля. Заработал я его, работая пастухом. Деньгам больше радовалась мать, я их не видел. В семье было столько дыр и нужно было много денег, чтобы их закрыть. Больше таких денег я не зарабатывал. Меня перевели пастухом дойного гурта, а там были совсем другие заработки.

Каким был для нас первый совместный год после свадьбы?

Не скажу, что этот год был усыпан розами. Проблемы возникали одна за другой. Рождение дочери, отсутствие жилья, проблемы с добыванием топлива и много-много вопросов, которые приходилось решать. Но мы были молоды. Мы радовались каждой удаче, радовались успехам нашей дочурки и с надеждой смотрели в будущее.

Мое любимое блюдо?

В еде мы с бабушкой непривередливые. Конечно у меня есть любимые блюда. Охотно ем все мучное и если учитывать, что бабушка хорошо умеет стряпать и печь, то можно догадаться, что на первом месте - домашний хлеб. Блинчики, оладушки, штрудли, пельмени, суп-лапша, борщ - занимают не последнее место в нашем рационе.

Когда я в первый раз сел за управление транспортным средством?

Первым транспортным средством был трактор ДТ 54 и было это в 1956 году.

О чем я жалею больше всего?

За свою жизнь я много строил, а вот своего угла так и не построил. Хотя до сих пор по ночам я работаю. В голове я рисую свой дом, и рисую его большим, светлым, теплым с большой кухней и жалею, что только во сне.

Как я бросил курить?

Могу сказать только, как долго и мучительно боролся с этой пагубной привычкой. Не мало труда стоило удержаться при виде сигарет или курящего, и особенно, если чуть под хмельком. Но как видно, мне удалось преодолеть все преграды и покончить с желанием курить.

Любимый писатель

Назвать своего любимого писателя довольно трудно, их много. В свое время зачитывался Жюль Верном, Дюма, Фениомором Купером, а из русских писателей - Шишков, Распутин, Пикуль, Шолохов, можно еще с десяток назвать.

Как я начал петь и когда?

Точную дату назвать трудно. Наверное, мне было лет семь, когда я пел за домом какую-то немецкую песню и соседка меня похвалила. Сказала, что у меня неплохо получается. Позже, уже в Семеновке, старушки собирались на завалинке и пели старинные украинские и русские песни. Они звали меня: „Василько, ходы до нас и давай заспиваймо!“. Вот от них я слышал много старинных песен, которые и сейчас помню. Школа тоже уделяла пению много внимания, правда только патриотическим песням. Особенно песни про товарища Сталина или песни, ему посвященные. Пели везде. Сидят на телеге пять-шесть девушек, которые едут на покос, а телегу тянут два быка, которые не спешат, и тут затянут песню девчата на одной телеге, песню подхватят на другой. Ведь не было радио, а кино было два раза в год. Из музыкальных инструментов в деревне была одна балалайка. Вот и пели сами.

Расскажу пару историй, связанных с животными.
1947 год. Лето. Отец уехал на лошади. Мы, дети, не спрашивали, куда и зачем. К вечеру отец вернулся и вручил нам живой подарок. Это был щенок-кобелек. У него белые ножки. Потому и имя ему дали Вейспот, что по-меннонитски „белоснежка“. Радости не было предела. Ведь во всей деревне не было ни одной собаки. Их или люди съели, или волки. Радовались не только мы. Пацаны со всей деревни собирались у нас и все нам завидовали.
1948 год. Отец привез 3 пары голубей. А через год у нас уже был полный сарай голубей и приходилось их отдавать. Много голубей украли. Ночью разломали крышу сарая и унесли что только можно. Мы все очень переживали, плакали. Взамен голубей отец привез кроликов. Но такой

радости, как собака и голуби, кролики нам дать не могли. Тем более их кушали, а смотреть как их умертвляли - было очень больно. Но собака оставалась нашей любимицей до самой смерти. Зимой 1952 года ее застрелили.

Моя любимая книга

Их много и назвать какую-либо одну трудно. Когда-то я любил читать „Витязь в тигровой шкуре" Шота Руставели, но шли годы, менялись вкусы. Стал читать Георгия Маркова. А вот „Войну и мир" Толстого так и не одолел.

Каким был мой отец?

Корней Яковлевич Классен был человеком нелегкой судьбы. Он рано женился и рано похоронил жену. Молодой папа с грудным ребенком на руках - и надо жить дальше и думать о сыне. Как отец познакомился с моей матерью - мне неизвестно. Ведь мать на 8 лет старше. Знаю, что мать сначала была нянькой маленького Яши, а уж потом они поженились, и когда родилась моя сестра, Яши уже не было. Был Яша, по рассказам матери, болезненным ребенком, слабым. Отец по натуре своей уравновешенный, спокойный, умеющий держать себя в руках. Имел прекрасную память и был хорошим рассказчиком. Дети в школе его любили. Да и мы, его дети, затем его внуки, его любили. Отец - убежденный беспартийный коммунист, свято верил, что партия и ее вожди делают все верно, хотя на своей шкуре испытал столько, чего другому на две жизни бы хватило. Сначала смерть его матери, затем смерть жены и смерть сына. Дальше - война, фронт.

Дальше - обвинение в неблагонадежности всех российских немцев и высылка всех в Сибирь и в Казахстан. Трудоспособных - в трудармию. Попал отец в Новосибирск на завод и сначала работал шофером, а затем на паровозе. Отец мне рассказывал, как потерял несколько зубов. Их ему выбили. Не мог отец доносить на своих. И все-таки отец оставался верен своим убеждениям и свято верил „родной партии", и нас учил тому же. Но однажды я застал его сильно расстроенным. Как я потом выяснил, причина его беды - это отказ о приеме его в партию. А причину нашли такую: плохое знание грамматики. На мой взгляд, причина была другая. Отец сидел в тюрьме. Хотя судимость была снята, в своих рядах, видно, его видеть не желали. Святым отец не был. Мог и выпить, и налево сходить. Для нас, детей, он был самым дорогим человеком.

Поймал я золотую рыбку. Какие 3 желания я бы загадал?

Первое - загадал бы здоровья для всей моей семьи.
Второе - попросил бы золотую рыбку помочь моим детям, и особенно внукам, достичь успехов в достижении профессии.
Третье - мое желание. Очень хотелось бы, чтобы хоть один или одна внучка или внук стал бы певцом.

Кем я хотел стать в детстве?

Довольно тяжелый вопрос и ответить на него не так-то просто. Живя в глухой деревне, где все крутится вокруг скота, земли, огорода, когда даже дома за столом все разговоры об урожае, надоях молока – то и мечтать могли мы о сельских специальностях – это агроном, ветврач. О таких специальностях как пилот, моряк, космонавт, машинист паровоза – мы даже не слыхали. И только живя уже в городе, у меня появилась мечта, и ее вселил мне директор школы, Деркач Антон Петрович – большой любитель пения. Он даже нашел педагога, который должен был с нами заниматься (нас двое). Два урока проучились, и на этом закончилась наша учеба. Директору заявили, что у него не с музыкальным уклоном школа, и ставка учителя пения не предусмотрена. Да и время было очень тяжелое, голодное. Приходилось мириться с любой работой.

Мое первое столкновение с алкоголем

Год 1954. Март месяц. Впервые голосовал. После голосования я с другом решили отметить это событие. У меня бутылка водки и у него. Закуски никакой. Две пачки Беломора. Выпили мы водки две бутылки, закусили Беломорканалом и пошли к дояркам, и там добавили вина немного, а дальше - провал. Три дня не ходил на работу, не ел, не пил. Постепенно стал оживать и пришел к выводу, что алкоголь - не для меня. После, если приходилось выпивать, то не находил в этом удовольствия, а наоборот, отвращение.

Мое главное достижение в жизни

Я думаю, что достиг каких-то успехов в труде. Был неплохим механизатором. После, работая каменщиком, я многому сумел научиться. Но главное все-таки – это мои дети.

Мы с матерью сумели вырастить достойных детей. У каждого своя семья, все работают. Нет у нас алкоголиков, тунеядцев. У нас прекрасные внуки и правнуки. Мы с матерью гордимся и радуемся успехам детей, внуков, правнуков.

Расскажу о самом опасном приключении своей юности. Тонул дважды. Первый раз - на реке Обь. Второй - на реке Бия.

1955 год. Станция Ребриха. Строительство подходит к концу. Нужда в строителях все меньше и нужно переучиваться. Нужны сушильные мастера. Меня отправили на учебу в город Камень-на-Оби. Настоящую большую реку увидел впервые. Остановился я у наших знакомых, у них был сын моего возраста. Вот с ним и отправились купаться. Плавал я в то время чуть лучше топора. Давай, - говорит мой напарник, - на остров и назад. До острова метров 50-60. Но течение быстрое. Доплыли мы до острова, отдохнули – и нужно обратно. А вот сил у меня не хватило бороться с течением. И если б не товарищ, пришлось бы мне всю речку выпить. Вот так коротко.

Моя заветная мечта в детстве

Быть сытым! Я ведь ходил по миру. Попробую объяснить. „Ходить по миру" – это означает просить подаяние. Довольно унизительное чувство. Быть сытым – это чувство, которое трудно передать словами. Мы привыкли при малейшем чувстве голода бежать к холодильнику и что-нибудь скушать. А вот когда нет ничего и весь организм кричит днем и ночью, каждую секунду „Я голоден!", каждая корочка кажется тебе манной небесной. И за каждую корочку тебе нужно унижаться, краснеть. Ведь далеко не каждый давал. Могли оскорбить, дать коленом под зад. Прошло много лет, я сыт, но мне до сих пор стыдно. Вспоминая то время, я покрываюсь гусиной кожей, и когда я вижу хлеб на земле или как с ним обращаются - у меня невольно возникает мысль, пожелать этим людям пережить голод хотя бы одну неделю. Тогда может научились бы ценить хлеб.

Можно иметь много денег и умирать с голоду, а если в кармане краюха хлеба, то смерть тебе не страшна, и потому я громко кричу: Да здравствует хлеб!

Всегда ли я много читал?

Читать я начал в 4-м классе и первой книгой, которую я прочитал, была „Витязь в тигровой шкуре". Вторая книга называлась „Сталь и шлак". Ну а затем книги Жюля Верна. Хорошая библиотека была в училище. Любимой книгой, а их много – но все-таки одну я бы выделил особо – «Угрюм-река».

Что сподвигнуло меня на переезд в Германию?

Одна из основных причин - это бардак в стране, поголовное пьянство, развал экономики и страх перед будущим. Геноцид, который пережили немцы, мог повториться. Потом страх за детей, внуков. Да и годы были не те. Впереди была старость. Вот так коротко.

Какой период моей жизни был самым счастливым?

Я бы выделил годы, прожитые в Горном Алтае и время, когда учился в училище. Когда познакомился с будущей супругой, затем рождение первенца - это было прекрасное время. Ведь мы были молоды и с надеждой смотрели в будущее.

Расскажи о своих братьях и сестрах?

Мои братья – это Владимир, Александр, Николай. Владимир и Александр – 1939 года рождения – это двойняшки. Александр умер зимой в 1956 году, у него отказало сердце. Он родился больным. Был он рыжим-прерыжим. Николай умер, прожив всего три года. Заболев менингитом. Сестра у меня одна. Старше меня на два года. Тут я соврал. Две сестры у меня. Вторая по отцу родная. Зовут ее Надежда. Фамилия Огняник. Год рождения – 1946. Ее я совсем не знаю. Слухи, которые до меня доходили, рисовали ее не с лучшей стороны. Для меня, Николай был, наверное, самым близким. Ведь он самый молодой, очень смышленый. После его смерти образовалась пустота в душе и потребовалось немало времени, пока зарубцевалась рана. Хотя порой эта рана просыпается и ноет. С Володей мы так близко никогда не дружили. Слишком разные мы с ним. Как братья мы общаемся, но в душе – каждый живет своей жизнью. Вроде бы одна мать и один отец, но настолько мы разные. Брательник у меня много пил. Теперь, когда за плечами 75 и оглядываясь назад на прожитые годы, можно с уверенностью сказать, что Мария мне ближе. Мы лучше понимаем друг друга.

Было ли у меня хобби в детстве и юности?

Наверное, как у каждого, у меня были свои увлечения. Любил петь, любил верховую езду, любил красивых лошадей. Со временем появились другие увлечения. Жизнь вносит свои коррективы.

За что меня хвалили? Кто хвалил чаще: мама или папа?

Я не помню ни одного случая, когда бы мать меня похвалила. Она не знала таких слов. Отец хвалил за оценку в школе, за примерное поведение. Иногда, если была возможность, поощрял.

Какой была моя мама? Какой она запомнилась мне?

Мать моя – Зара Гиберт – из крестьянской семьи. Начальное образование получила в церковно-приходской школе на немецком языке. Русского языка не знала. Твердо была убеждена, что битье определяет сознание. Так, я и Мария часто были пороты, даже если за нами не было никакой вины. Нам она не верила, и любую попытку ей что-либо объяснить, она пресекала в корне. Большой любви между отцом и матерью не было и в помине. Может быть, это и сказалось на ее характере. Замуж она вышла, когда ей было 29 лет. Отец на 8 лет моложе. Возможно, не будь у отца ребенка на руках, они никогда бы не сошлись, слишком они были разные. Отец мог часами играть с детьми, много читавший и знавший множество сказок, он с большим умением старался все это донести до детских сердец. Терпения у матери хватало только на приветствие.

Обняла, поцеловала, угостила конфеткой – и на этом кончалось ее терпение. Она постоянно твердила, что своих детей она сама растила, и мы, ее дети, должны сами детей своих растить. Я часто стараюсь понять мать и найти оправдание ее поступкам. С 1946 года она домохозяйка и до самой смерти не работала. Даже когда нужда загнала нас в угол. Марии 17-й год, пошла на работу разнорабочей на стройку. Я же после школы ходил по миру. И годы 1951-1953 были очень тяжелыми. Мать до самой смерти не знала русского языка и не могла общаться с русскоговорящими людьми. Это, в какой-то мере, объясняет причину, почему она не искала работу. Ведь всю войну она работала от темна до темна. Да, рядом с нею работали такие же женщины, с которыми она могла свободно говорить, делиться горем или радостью. Всего этого она лишилась, живя в городе. Когда же мы переехали в совхоз в 1953 году, Марии - 19, мне - неполных 17, Володьке - 15, и все трое работали. Дома оставалась мать и больной Шурик. Тут в деревне у матери тоже не было подруг или соседей, говорящих по-немецки. Так что, варилась она в своем соку. Мы же, дети, все говорили по-русски, да и интересы были разные.

Трудно писать о матери, о самом близком и родном человеке, давшим тебе жизнь. Для нас, детей, самым дорогим и самым любимым был отец. С ним всегда можно было поделиться и горем, и радостью. Он умел слушать. Можно много и долго еще писать о матери, о ее трудной судьбе, о пережитых годах военного лихолетья. Хлебнула она полной мерой горюшка. И не смотря на такие голодные и холодные годы, она смогла сохранить семью и не дала умереть ни одному ребенку от голода. И потому я снимаю шляпу перед матерью и до земли кланяюсь.

Что в детстве и юности заставляло меня грустить?

Вопрос этот я бы разделил на три этапа:
1. До войны, мне 5 лет
2. Война
3. После войны

Начну с первого. Какие могут быть у пятилетнего ребенка причины грустить? Если ты сыт, одет, рядом отец с матерью и есть с кем играть, то грустить нет причин.

Другое дело – военное лихолетье. Отца забрали. Мать осталась одна с четырьмя детьми на руках и без кормильца. Постоянное недоедание, отсутствие <u>соли</u> и работа, работа, работа. Мать с утра до позднего вечера на работе и вся домашняя работа ложилась на детские плечи сестры и мои. Без большого огорода не прожить. Мать вспахала его, а дальше вся работа ложилась на нас, детей. Нужно все посадить, полоть, рыхлить и убрать. Надо собрать топлива, а это в основном кизяк (коровяк). И еще много-много всякой мелочи, без которой не обойтись.

Третий этап - самый, наверное, тяжелый для меня. Тут и голод, незнание языка и постоянные оскорбления. Ведь мне уже 10 лет и я многое уже понимал. И было очень обидно. Когда тебе прямо в лицо кричат „фашист!" и ты не можешь ответить, а если ответишь – наживешь себе неприятностей в школе. Не всегда я терпел. Когда меня доводили до горячего кипения, я кидался на обидчика не разбираясь, что у меня в руках, и не думая о последствиях.

Когда я впервые сел на лошадь?

Все деревенские мальчишки очень рано садятся на лошадь. Когда сел в первый раз, сейчас трудно сказать. Помню только, как меня посадили на старую кобылу и заставили месить глину, а было мне 7 лет. Без седла было тяжело удержаться на спине лошади, но со временем научился. Задницу растирало до крови и приходилось несколько дней ходить на раскоряку. А вот в седло я сел в 1953 году и несколько лет с перерывами провел в седле.

Чем я гордился в детстве? Чем я горжусь сейчас?

Получу в школе пятерку – горжусь. Поймаю 30-40 сусликов – горжусь. Допустили меня работать на конных граблях – горжусь. Достигли мои дети или внуки каких-то успехов – я горжусь. Я горжусь, что прожил жизнь не зря, что не пустоцвет. У меня есть дети, внуки, правнуки.

Расцвет „застоя“.

Середина 70-ых годов. Когда меняется руководство в любой области, происходят грандиозные изменения. Как говорят в народе, «новая метла лучше метет». После ухода Хрущева больших изменений в жизни простых людей не видно. Те же очереди в магазинах, маленькие заработки. Мужчины руководят, а женщины таскают рельсы и шпалы. Но это не ново. Но с годами наращивалось строительство жилья, школ, детских и дошкольных учреждений. Большое внимание уделялось сельскому строительству. И все-таки нехватка мяса, колбас, молочной продукции ощущалась. Но ломились полки под грузом бутылок с водкой. Пили много. За бутылку водки можно купить машину угля. Продавалось и покупалось все за водку. Народ спивался. И снова сменилась власть. На олимп поднялся молодой, по сравнению с прежними руководителями, Михаил Сергеевич Горбачев. Народ надеялся, что все изменится к лучшему, а получилось наоборот. Развалился Союз. Не стало на картах такой державы СССР. Жили мы одной семьей и не делали разницы между нациями. Теперь же, как крысы в разные стороны: русские в одну сторону, немцы в Германию. У кого была возможность уехать, покидали насиженные места. Для меня лично это удача, что попал с семьей в Германию. Останься я там, давно бы ласты склеил. Для многих, Горбачев открыл границы в другой мир и ему благодарны. Другие же, ругают его последними словами.

Расскажи о своих впечатлениях после рождения вашего первого ребенка

Начну с того, что мы с женой молоды. Мне 22, а жене нет и 19 лет. „Ура" на каждом перекрестке мы не кричали. Ко всему надо привыкать. Когда жена однажды тебе скажет, что она беременна и через 9 месяцев можем ждать рождение нового человека – я встретил это сообщение спокойно. А вот мысли о том, что появится маленький человечек, тебя уже не оставят в покое. Они все чаще лезут тебе в голову, и если супруга еще тяжело переносит беременность и тебе видно, как она мучается – то днем и ночью будешь помнить и ждать, когда же это кончится. Тебе и жену жалко, и начинаешь жалеть ребенка, которого она под сердцем носит. Порой такой страх берет за обоих, что хочется выть. И главное ты бессилен и не можешь в этот процесс вмешиваться, остается только ждать. Беременная женщина еще во время беременности привязывается к своему будущему ребенку. А вот отцу ребенка нужно время. Я даже на руки боялся брать ребенка, она казалась такой хрупкой и такой беззащитной. Смотришь как мать кормит грудью, как купает ребенка, и у тебя что-то в груди переворачивается и ты начинаешь понимать, что это на яву, а не сон, что ты отец этого маленького человека и что ты несешь ответственность за жизнь ребенка. Можно еще много писать и говорить о рождении и привязанности к детям, ведь тема эта неисчерпаема. Ведь чем старше человек становится, то и на многие вещи смотришь другими глазами. Хотя рождение ребенка в любом возрасте, будь это в юности или взрослом возрасте – это всегда событие масштабное, незабываемое.

Развал СССР

Мне 55 лет. К этому развалу страна шла уже давно. 10 лет войны в Афганистане, и народ все чаще стал задавать себе вопрос „Что случилось?" Почему мы не можем победить в этой ненужной никому войне на чужой территории? Почему мы у себя дома не можем наладить нормальную жизнь? Кругом дефицит, в магазинах пусто. Товары по карточкам. Заработанную плату не можем получить, потому что нет денег. Коррупция процветает. Такое ощущение, что страна заблудилась. Назад нельзя и вперед нельзя. Жрать нечего, а пьянка поголовная. Трагедия.

Мои первые впечатления после приезда в Германию

Решиться на такой шаг как переезд в Германию, было для меня довольно трудно. В Союзе я прожил 55 лет, учился, работал, воспитал детей, дождался внуков, похоронил родителей. Тут все знакомо, я могу разговаривать с людьми, знаю язык, могу читать и писать. А что меня ждет в Германии? Языка немецкого не знаю и, если честно, ничего не знал. Потому, решиться на переезд было нелегко. Но страх повторения того, что мы пережили в войну, заставил нас решиться на такой шаг. Я еще ни разу не пожалел. Останься я там – давно бы ласты склеил.

Представь себе, по мотивам твоей жизни хотят снять фильм. Кому бы досталась главная роль?

Я бы отдал роли таким образом: в детстве меня мог бы сыграть мой самый младший внук, а в юности – мой старший.

Эпохальные события 20-го века, пережитые тобой

9 мая 1945 года. Мне 9 лет и сказать по правде, я далеко не все понимал. Помню, в школе собрались люди, обнимаются, смеются. Кто-то выступает и обещает, что скоро вернутся мужики и что скоро жить станет легче. Но меня это не волнует. Я жду, когда же я смогу покушать. Мой желудок настойчиво требует и потому я мало внимания обращаю на разговоры. Для меня больше радости принес день, когда вернулся отец. Это был праздник.

Афганская война. Мне 43 года. Из газет и радио люди узнали, что афганское правительство попросило помощи и Союз направил „ограниченный контингент" войск на помощь. Ни о каких боевых действиях речи не шло. Только когда стали привозить гробы с погибшими, стало ясно, что там идет война. Все тщательно скрывалось. Гробы не разрешалось вскрывать, за этим строго следили. Сообщалось только об успехах, достигнутых нашими ребятами.

Когда я впервые увидел немое кино?

В первый раз я увидел кино в конце войны. Это был немой фильм. Позже, когда он был озвучен, были это уже 50-е годы, мне довелось его еще раз увидеть. Назывался он „Семеро смелых". У меня в памяти не много осталось от немого кино. Ведь тогда я многого не понимал. Ну мелькают на стене картинки, иногда смешные, иногда страшные. А только путем я ничего не понял.

Эпохальные события 20-го века

Смерть Сталина. Мне 17-й год. Оглядываясь назад, я часто думаю, как могло так случиться, что смерть Сталина вызвала столько слез в школе, и не только у школьников. Ведь плакали не только девчонки, но и ребята. Плакали педагоги. И если не учитывать то время, то мы никогда не поймем то поколение людей, которые росли и жили в эпоху Сталина. Не было в стране более знаменитого авторитетного человека. Он был вождь. О нем слагались оды, песни. Учение Сталина считалось верным и не подлежало сомнению. С позиции сегодняшнего дня совсем другими глазами смотришь на это время и на отдельные личности, окружавшие Сталина. А тогда все достижения, все успехи и даже победа – все приписывали ему. Потребовалось немало времени, чтобы отсеять всю шелуху.

Помню ли я свой не самый лучший поступок в детстве? Каким было наказание?

Надо сказать, что мать нас не баловала и часто пользовалась ремнем. Мать нам не верила, если на нас жаловались – значит, мы виноваты. Мать могла наказать не только ремнем, но и работой. Прополоть 3-4 грядки картошки в нагрузку к прежнему заданию. Теперь, когда сам уже прадед, понимаешь ее поведение к нам, детям. Как жестоко было время. Не думаю, что наказывать нас доставляло ей удовольствие. Я видел, как она переживала и я убежден, что она по ночам каялась и просила у Всевышнего прощения. Это детские годы.

Юность. Мне 17 лет. Работаю. Однажды после работы, поужинав, я вышел на улицу, где меня ждали ребята. Закурили. Мать вышла помои вылить и увидела, что я курю. Она прекрасно знала, что курю, и даже сама покупала мне махорку. Но что-то в этот вечер ей не понравилось и она попросила меня зайти домой, а дома решила меня наказать. Для этого у нее на стене висел кусок вентиляторного ремня. Я отобрал у нее ремень и бросил его в печку. „Больше ты никогда меня бить не будешь", - я ей сказал, и мы эту тему закрыли. Правда мать со мной долго не разговаривала.

Эпохальное событие 20-го века

Мне 64 года. Конец века. 7 лет мы уже в Германии. С трудом осваиваемся. Германская марка уступает место новой европейской валюте. В личной жизни ничего нового. Полгода по больницам. С трудом, но выдержал.

Карибский кризис.
Мне 26 лет. Сказать по правде о мировом скандале, затеянным Хрущевым, я сначала не придал значения. Были другие дела поважнее. Но скандал вокруг Кубы все нарастал. Всю информацию, которую мы получали из газет, радио и телевизора, была искажена. Во всем обвиняли Америку. Хрущев плясал от радости. Теперь ракеты с Кубы в миг накроют Америку. Политические обозреватели всех газет аж захлебывались от восторга за нашу партию, за ее политику. Поставили мир на грань гибели. Это мы, рядовые люди, поняли намного позже. Ведь мы получали только ту информацию, которая устраивала правительство. А правительству мы всегда „верили". Но когда разум взял верх над безумием, народ вздохнул с облегчением. И мое большое желание – чтобы никогда впредь не повторилось нечто подобное в жизни.

Чего я боялся больше всего в детстве, юности, зрелом возрасте и сейчас?

В детстве помню, я боялся перышка, это могло быть гусиное или куриное перо. Удержать меня в комнате было просто. Мать клала на порог перо, и я уже не рисковал его переступить.

В юности я избегал встречи с Гордым. Гордый - это был бык такой. Белый, пушистый, большой и сильный. Когда я с ним впервые столкнулся, это был очень ласковый, как собака, бык. Любил, чтобы почесали за ухом и шею. Так может и продолжалась бы наша дружба, если б я не нарушил его „планы". Корову нужно было доить, а у него были совсем другие намерения. Я его обидел. Ударил. Вот этого он мне простить не мог. Он всюду искал меня. Стоило мне слезть с лошади - как он уже бежал ко мне, нагнув голову. Вот его я боялся.

В зрелом возрасте уже совсем другой страх. Это и страх за детей, это и страх за их будущее. Был страх после операции на почке. А потом, после развала Союза, появилась угроза, что все может повториться. Все, что мы уже однажды пережили. Этот страх вынудил нас уехать. А сейчас боюсь только одного – это быть прикованным к постели, быть зависимым.

О чем мы вместе с будущей женой мечтали перед свадьбой?

На этот вопрос можно ответить коротко: найти свое место в жизни.

Что бы я сделал по-другому, если бы был второй шанс?

Мир сильно изменился. Изменились и люди. С этой позиции и я внес бы в свою жизнь и в жизнь моей семьи какие-то изменения. Для начала, постарался бы получить образование. Иметь хорошую специальность. Дать образование детям. И о чем я всегда мечтал – это большой уютный свой дом.

Первый внук

Из Москвы вернулись Наташа и Федор. И я узнаю, что Наташа беременна. Не скажу, что я плясал от радости. С этой мыслью надо свыкнуться. И представить себя дедом довольно трудно. Дедом я себя почувствовал, когда в первый раз взял внука на руки. Но это не то чувство, которое я испытал позже, когда внук назвал меня дедом.

Расскажи пару-другую забавных историй, связанным с твоими детками

Сначала не очень забавную историю, которая запомнилась на всю жизнь. Вспоминая ее, до сих пор покрываюсь гусиной кожей. Были мы всей семьей на Алтае, у моего отца в селе Марковка, где мой отец работал в школе. Наташа с Ирой играли на улице, был жаркий летний день. Но вдруг налетел порыв ветра, закружил пыль дорожную, которую называют еще пыльной бурей. И попала пыль в глаз Ирине. Все попытки помочь дочери своими силами не увенчались успехом. Нужно было ехать в Славгород. Это довольно сложно, потому что автобус ходит не так часто, как хотелось бы. И притом у Иры болит глаз, и я с матерью боимся за нее, нервничаем. И вот мы у врача. Песчинку она уже втерла в глаз и промыть ее не удалось, и пришлось удалять ее иглой. Так как Ирина очень боялась этой иглы и отбивалась руками и ногами, ее пришлось замотать в простынь, чтобы ни руками, ни ногами не могла шевелить.

Голову держала медсестра, а тело – я и мать. Крик ее, ее мольба до сих пор в ушах. Когда игла перед глазами – у взрослого человека мурашки по коже, не то что у ребенка. Кричит: „Тетенька, тетенька, только не вырывай мне глаз!" Пишу эти строчки, а у самого слезы. Этот ее крик я не забуду никогда.

Были конечно и другие потешные и курьезные истории. Одну я, пожалуй, постараюсь как могу описать.

Лето, я иду с работы, а на встречу бежит дочка Ира, такая радостная, возбужденная. Беру ее на руки и спрашиваю: „Что случилось?" Она захлебывается словами. Я стараюсь понять ее. Что же могло такое случиться, что ее так взбудоражило? „Папа, - говорит - кошка выродила котят. Сама видела как выродила". Именно выродила, а не родила. Я даже боюсь спросить, что она видела, именно процесс… Ведь не смогу объяснить ребенку, что к чему. Тут она мне говорит, прямо из ротика котенок вылез. Скорее всего кошка вылизывала котенка и это она видела. Это спасло меня, не нужно было искать слова для объяснения, и я согласился с дочерью, что котят рожают через ротик, и особенно чужие кошки. Кошка та была соседской.

Наташа тоже однажды поставила меня в неловкое положение. Нужно было написать сочинение „Как вы проводите время после уроков и как помогаете родителям по дому". Вот она и написала, что после еды она моет посуду, делает уроки, играет. А вечером перед сном – царапает папе спину. Это прочитали на родительском собрании. Хорошо, что хоть фамилию не называли. Но на собрании была мать и она конечно сразу поняла о ком речь, и пришлось папе выслушать немало „лестных" слов в свой адрес. Правда, что скрывать, я и сейчас люблю, когда цара-пают спину.

Да, еще вот что! То, что случилось с моей бабушкой во время войны и где она умерла, где похоронена – неиз-вестно. Как мне пришлось узнать из другого источника (ее дочери - моей тети), их разлучили в большой деревне и так как ни бабушка, ни тетя по-русски не говорили, тетя не могла назвать деревню. Скорее всего, это был какой-нибудь районный центр. Тетю отправили на лесоповал и больше она о матери ничего не слышала. Тетя рассказы-вала моей матери и сестре, как бабушка бежала за маши-ной, которая увозила ее дочерей. Как она упала на до-рогу. Деда чуть раньше забрали. Как он умер – ничего не-известно. Какое-то время он сидел в Славгородской тюрьме. Был садовником в колхозе. Несколько раз брал меня с собой. Это я еще помню. Никак не пойму, за что его взяли? Какой вред он мог принести? Вечный пахарь, отец большой семьи. Вероятно, я уже никогда не узнаю, где лежат их кости…

75 – ist es viel oder wenig? Es ist schwierig, darauf eine ein-
deutige Antwort zu geben. Manchmal spürt man das Gewicht
der gelebten Jahre nicht und es scheint mir, als läge alles noch
vor einem. Aber das ist eine Täuschung. Wenn dein Haupt bereits ergraut, +wenn du dich abends kaum noch auf den Beinen
halten kannst und nachts nicht mehr schlafen kannst - dann
wird dir bewusst, dass du kein Junge mehr bist. Vor mir steht
ein Glas mit 75 Fragen darin. Eine Frage für jedes gelebte Jahr.
Die Fragen sind nicht systematisiert, es ist also keine Autobio-
grafie. Und ich werde in der Reihenfolge antworten, in der die
Fragen erscheinen.

An welchem Ort würde ich gerne leben?

Ich möchte dem Land am nächsten leben. Ich bin auf dem Land
aufgewachsen und liebe es, in der Erde rumzuschaufeln. Ich
mag Tiere.

**Freunde aus der Kindheit - wie hießen sie und was haben sie
gespielt?**

Bis 1946 hatte ich keine Freunde und spielte mit meiner
Schwester und meinen Brüdern. Da unser Dorf rein deutsch
war, kannte ich die russische Sprache nicht.

1946. Es war bereits ein Jahr nach Kriegsende. Armut und
Hunger waren immer noch allgegenwärtig. Es war nicht möglich, jeden Tag genug zu essen. Wir aßen alles, was wir finden
konnten: Vogeleier, Erdhörnchen, die Ähren vom letzten Jahr,

Brennnesseln. Im Herbst wurde mein Vater, ein Dorflehrer, als Lehrer für Mathematik und Deutsch in ein großes russisches Dorf versetzt. Ich musste dringend Russisch lernen. Und ich bin meiner ersten Lehrerin noch immer dankbar für ihre Geduld. Ich erinnere mich noch an sie - Anna Vasilievna Safonova. In diesem Dorf fand ich meine Freunde - Wolodja Borchikow und Juri Guralnik. Wir waren sehr gut befreundet und versuchten, unsere gesamte Freizeit miteinander zu verbringen. Obwohl es nicht viel Freizeit gab. Jeder hatte seine eigenen Aufgaben: Unkraut jäten im Gemüsegarten, Brennmaterial vorbereiten, den Wassertank mit Wasser befüllen und die Beete gießen. Abends gingen wir gemeinsam raus und spielten Fangen, Lapta *(ein dem Baseball ähnliches Spiel),* Verstecken. Von Fußball wussten wir nichts. Manchmal hörten wir Radio und gingen zwei oder drei Mal im Jahr ins Kino. Wir verbrachten viel Zeit mit Tauben und Kaninchen.

Epochale Ereignisse des 20. Jahrhunderts

Der Flug von Yuri Gagarin. Ich war 25 Jahre alt. Ich werde hier 10 Jahre jünger sein müssen. Ich war also keine 15 Jahre alt. Nach der Schule schickte mich meine Mutter zum Brot holen. Bis zum Laden Nummer 10 sind es gut 3 Kilometer. Der Laden hatte noch Mittagspause und ich konnte mir Zeit lassen. Ich ging langsam und las "Pionerskaya Pravda", und in der Zeitung stand ein Artikel über mögliche Flüge ins All und zu anderen Planeten. Und dann dachte ich, dass das in 50-100 Jahren passieren könnte. Deshalb waren der erste Satellit und der Flug von Gagarin für mich wie ein Wunder. Wir alle waren stolz auf die Erfolge unseres Landes und warteten auf neue Flüge.

Welche gesetzten Ziele im Leben wurden erreicht und welche haben sich nie erfüllt?

Damals hatte ich nur ein Ziel - wohlgenährt zu sein. Hunger, das ist eine beängstigende Sache. Ich bin ein Mensch und ich war hungrig. Ich konnte an nichts denken, konnte mich nicht konzentrieren. Das Gefühl des Hungers verfolgte mich überall hin und mein größter Traum war ein Stück Brot. Ich hatte einen anderen großen Traum. In der 4. und 5. Klasse beschloss der Schuldirektor - Derkach Anton Petrovich - ein großer Liebhaber des Gesangs, dass ich zu einem Sänger geformt werden könnte und sollte. Er überredete mich zum Singen und fand sogar einen Lehrer. Dieser gab uns zwei Unterrichtsstunden. Uns - mir und Kolya Kovalev. Und dann ging alles schief. Dem Direktor wurde gesagt, dass er eine Mittelschule hat, keine Musikschule, und dass er den Lehrer aus eigener Tasche zu bezahlen hat. Das war das Ende meiner musikalischen Ausbildung. Obwohl ich immer noch gerne für mich selbst singe.

Wie war mein erster Arbeitstag?

1953. Ich war 16 Jahre alt. Ich habe gerade einen Ausweis für 5 Jahre erhalten. Es ist unmöglich, in der Stadt eine Arbeit zu finden. Meine Schwester konnte uns nicht allein ernähren. Deshalb beschlossen wir auf unserem Familienrat, ins Dorf zu ziehen. Dort fanden wir Arbeit sowohl für meine Schwester, als auch für meinen Bruder und mich. Der Sowhoz (*staatlicher Landwirtschaftsbetrieb*) war ein Milch- und Fleischbetrieb. Drei große Schweineställe und all diese Schweine wollten fressen, und um sie zu füttern, musste man Gerste mahlen. Das war es, was wir, mein Bruder und ich, tun mussten. Ich war 16, mein Bruder war 14, und wir waren beide dystrophisch, also abgemagert und unterernährt. Und keinerlei Mechanisierung. Alles manuell. Gerste lag in Säcken im Erdgeschoss, die über die Treppe in den ersten Stock gehoben und in den Trichter geschüttet werden mussten. Das fertige Mehl (Soden) stand im Erdgeschoss. Die Säcke mussten befüllt und herausgestellt werden. Mein Bruder und ich wurden schnell ersetzt. Jedem war klar, dass wir mit dieser Arbeit körperlich überfordert waren. So wurde die Woche in der Mühle für mich zu einer schmerzhaft Erfahrung harter Arbeit.

Was war mein Lieblingsspielzeug?

Ich hatte kein Lieblingsspielzeug. Ich hatte Lieblingstiere und diese waren ein Hund, die Tauben und Kaninchen.

Ich erzähle euch das lustigste Abenteuer aus meiner Kindheit: Mein Vater kaufte eine Ziege, und da ich der Älteste der Jungen war, musste ich sie hüten. Die Ziege gab gute Milch, hatte aber eine sehr schlechte Angewohnheit. Wenn ich mich bückte, bekam ich einen Tritt in den Hintern. Dieses Vieh liebte Molochai (*eine Grasart in der Region*) und es wächst in Gruben und Gräben. Eines Tages fand ich ein solches Loch, etwa zwei Meter tief, und beschloss, zu sehen, wie ich hinunterkommen könnte. Ich ging auf allen Vieren, und dann bekam ich einen Schlag in den Magen und flog in die Grube. Ich konnte nicht mehr allein herauskommen. Die Ziege rannte nach Hause. Ich blieb in dem Loch, bis mein Vater mich fand. Danach wurde die Ziege verkauft.

Welche meiner Eigenschaften möchte ich an meine Enkel und Urenkel weitergeben?

Vor allem Tüchtigkeit. Tüchtigkeit in allen Bereichen.

Wie war der erste Schultag für mich?
Was waren meine Gedanken an diesem Tag?

1946. Der erste September. Unsere Schule war eine siebenjäh-
rige Schule, gebaut aus Holz auf einem hohen Fundament. Ein
großer Hof mit Reihen von Schulkindern. Mischa Reva ging
vor den Reihen her. Er war sehr stolz. Es war sein letzter Auf-
tritt, und er wollte es nicht vermasseln. Schließlich war Mischa
noch Schüler der 7. Klasse. Es gab keinen Sportlehrer an der
Schule und er war mit den Schülern betraut. Aber an dem Tag
würde sich alles ändern. Die überlebenden Soldaten waren in
ihr Heimatland zurückgekehrt, und unsere Schule hatte zwei
neue Lehrer. Das waren der Direktor, Pawel Wassiljewitsch
Safonow, und Sportlehrer Marchuk. Reihenweise standen die
Schüler stramm, alle Augen auf die Veranda gerichtet. Hier
öffnete sich die Tür und unsere Lehrer kamen heraus. Alle hatten sich herausgeputzt, vor allem der Direktor. Er trug die Mi-
litäruniform eines Obersts. Seine Brust war mit Orden bedeckt,
seine Stiefel spiegelten den Glanz der Sonne. Wir schauten ihn
alle mit weit geöffneten Augen an. Mischa berichtete ihm etwas, aber wir hörten ihn nicht. Unsere ganze Aufmerksamkeit
war auf den Direktor gerichtet. So viele Auszeichnungen hatten wir noch nie gesehen. Wir waren alle sehr stolz auf unsere
Schule.

Erzählen Sie mir, wie Sie mit dem Rauchen angefangen haben?

Im Frühling. Die Prüfungen standen vor der Tür. Alle Jungs in unserer Klasse rauchten. Einzig ich war der weiße Rabe der Klasse. Aber sie machten sich nicht über mich lustig. Die Schule hatte einen kleinen Garten. Er bestand hauptsächlich aus alten Pappeln. In der Höhlung eines Baumes bewahrten sie einen Vorrat an Makhorka (*gehackter Tabak*) auf. In jeder Pause eilten alle zu dem hoch geschätzten Baum. In unserer Klasse gab es Jungs, die 18 Jahre alt waren, und sie reagierten nicht mehr auf die Bemerkungen der Lehrer und gingen zur Schule, nur um das Einberufungsbüro nicht unnötig zu belästigen. Sie gingen im Herbst in die Armee. Diese Jungs, Medvedev, Butko, Smelov und ein paar andere, kümmerten sich nicht um Hausaufgaben. Ich hatte die Hausaufgaben oft für Medwedew mitgemacht. Er war von großer Statur, trug den Mantel seines Vaters und ging für Erwachsene ins Kino, wo ich altersbedingt nicht reingelassen wurde. Also drückte er mich unter seinen Mantel, ich war dünn und der Mantel verbarg alles. So konnte ich ins Kino gehen. Ich hatte kein Geld für eine Eintrittskarte. An einem Tag nach der Prüfung waren wir alle im Garten. Die Jungs rauchten und machen sich an diesem Tag über mich lustig. Dann sagte Medwedew: "Wenn du einen Zug nimmst und nicht hustest, gebe ich dir 10 Rubel." Das war ein Vermögen für mich. Ich gewann die 10 Rubel und begann zu rauchen. Und ich war erst 16 Jahre alt. Später, als Erwachsener, habe ich gemerkt, dass es ein großer Fehler von mir war, und dann sah ich diesen schädlichen Zeitvertreib mit ganz anderen Augen. Ich habe viele Jahre lang geraucht, und die Entwöhnung war ein langer und schmerzhafter Prozess, aber ich habe es geschafft.

Was habe ich als Kind am liebsten gegessen?

Was ich am liebsten gegessen habe? Es herrschte großer Hunger, und jedes Stück Brot konnte eine Leckerei sein. Eine gebackene Kartoffel war eine Leckerei, eine Karotte, die nicht dünner als ein Finger war, war eine Leckerei.
Das Chruschtschow-Tauwetter. 1954 - 1965.

Nach Stalins Tod stand Bulganin am Ruder, aber nicht lange, und er wurde von Malenkow abgelöst, und er ließ die Bauern aufatmen. Die Abschaffung der Agrarsteuer war ein großes Ereignis im Dorf. Doch auch Malenkow blieb nicht lange am Ruder und wurde 1954 durch Nikita Chruschtschow ersetzt. Nach der Amnestie von 1953-1954 kehrte mein Vater aus den nicht so weit entfernten Orten zurück. Nach drei Jahren Haft, obwohl er zu acht Jahren verurteilt wurde, kehrte mein Vater zurück und wir, das heißt die Familie, hatten nicht mit seine baldigen Rückkehr gerechnet. Immerhin hatte er noch 5 Jahre zu verbüßen. Aber jetzt war er zu Hause und unsere Freude war grenzenlos. Es war Frühling. Tag und Nacht brummten Traktoren, und es wurde massenhaft unberührtes Land zerstört. Aber die Menschen wussten noch nicht, wozu diese grandiose Kampagne geführt wurde. In drei oder vier Jahren würde das Land Millionen von Pfund jungfräuliches Brot erhalten. Und die gleiche Menge wurde nicht einmal geerntet. Es gab nur zwei oder drei Wochen mit gutem Wetter, dann Regen und Schnee. Die Getreidelager reichten nicht aus, und es war oft unmöglich, das zukünftige Brot in der Eile zu retten. Aber die ersten Anzeichen von Bodenerosion traten auf. Staubstürme trugen die fruchtbare Schicht des Bodens bis in die Mongolei fort. Die Erträge gingen stark zurück, und meiner Meinung nach war die Urbarmachung von neuem Ackerland ein großer Fehler der Wissenschaft und der Führung des Landes, d.h. von Chruschtschow.

Die ganze Familie zog zum Bahnhof Toptschicha und fand dort Arbeit. Ein großer Aufzug war im Bau. Mein Vater war Maurer und ich war Hilfsarbeiter. Es gab keine Kräne, alle Materialien wurden manuell transportiert. Unsere Aufgabe war es, Ziegel zu liefern. Wir sind 10-12 Personen. Jeder hatte seine eigene "Ziege". Eine Ziege ist eine hölzerne Plattform mit Riemen wie ein Rucksack. Die Ziegel wurden auf die Plattform gelegt, normalerweise 10-12 Stück, und man stieg die Leiter hinauf. Die Arbeit war hart, aber wir waren jung. Bald wurden einige Arbeiter zum Bahnhof Rebriha geschickt. Ein Jahr später bekam ich eine Spezialisierung als Maurer-Kiln-Maurer.

1954-1955. Sie begannen, Deutsche in die Armee aufzunehmen. Alle Jungs, die ich kannte, gingen im Herbst zum Dienst, aber mich haben sie nicht genommen. Ich war zu dünn, mir fehlten 14 kg, also versprachen sie mir, dass ich in einem Jahr dienen dürfe. Es war eine Schande. Der Bau ging zu Ende und die Nachfrage nach Bauarbeitern sank. Meine Schwester heiratete und arbeitete als Briefträgerin. Aus Angst, arbeitslos zu werden, beschlossen wir nach langen Diskussionen, unseren Wohnort zu wechseln. Aber wir wollten einen Ort mit einem Fluss und Bergen finden. Wir fanden einen solchen Ort - es war das Altai-Gebirge. Der Fluss Biya. Die Taiga. Alles hier war neu und interessant für uns. Vorher lebten wir in der Steppe und hatten weder Berge, noch einen Fluss, noch Taiga gesehen. Wir waren fünf Leute: Vater, Mutter und drei Jungs. Ich war der Älteste der Brüder - Wolodja und Schura, sie sind Zwillinge. Wolodja arbeitet, und Schura ist zu Hause - er hat einen angeborenen Herzfehler und wird bald sterben. Die Arbeit war meinem Bruder und mir vertraut. Ich hatte als

Schafhirte gearbeitet und einen Kuhstall gebaut. Früher war ich auch geritten.

1956 zogen meine Schwester und ihr Mann bei uns ein. Sie begannen mit dem Bau ihres eigenen Hauses und stellten es bis zum Herbst fertig. Wir gründeten einen Bauernhof - eine Kuh, ein Ferkel, Gänse, Truthähne, Enten und Hühner. Das Leben wurde also immer besser. Aber der Ärger war schon nahe. Mein Bruder Alexander starb. Dieser Verlust traf uns sehr schwer. Besonders Mutter. Wir begannen, um ihren Verstand zu fürchten. Sie konnte stundenlang am Grab ihres Sohnes sitzen. Und der Friedhof selbst war nur hundert Meter vom Haus entfernt. Um weiteren Ärger zu vermeiden, wurde beschlossen, die Mutter vom Grab ihres Sohnes wegzubringen. Zu dieser Zeit war Bruder Wladimir bereits verheiratet und sie erwarteten ihr erstes Kind. Die Schwester und ihr Mann blieben dort. Wir - Vater, Mutter, ich und mein Bruder mit seiner Frau - machten uns auf den Weg. Meine Mutter hatte eine Schwester, bei der wir beschlossen, zu bleiben und uns umzusehen. Vater entschied, in seinen alten Beruf als Lehrer zurückzukehren. Mein Bruder ging zur Arbeit in die Kolchose, und ich stand am Scheideweg. Doch bald erfuhr ich, dass es in einem Nachbardorf eine Schule für Mechanisierung der Landwirtschaft gab und dass dort Schüler eingeschrieben wurden. Ich wurde für einen sechsmonatigen Kurs angenommen. Meine künftige Spezialisierung: Landmaschinenmechaniker Fachrichtung Mähdrescher. Und während meiner Zeit als Schüler bekam ich einen Platz in einer Gemeinschaftsunterkunft. Wir waren zu viert in einem Zimmer. Wir waren gesellig und immer hungrig. Sie verpflegten uns nicht so schlecht, aber wir waren jung und verbrauchten viel Energie. Ich war 22 Jahre alt.

Eines Tages erzählten mir die Jungs, dass mein Vater im Gemeinschaftsraum auf mich warte. Mein Vater beschloss, mich und noch einige Bekannte aus der Vorkriegszeit zu besuchen. Also nahm er mich zu ihnen mit. Auf dem Weg dorthin erklärte er mir, dass er diese Leute schon lange kenne und dass dort auf mich ein Vesper warte: Ein Laib selbstgebackenes Brot und ein gutes Stück Schmalz. Aber das Wichtigste hatte er mir nicht gesagt. Nicht nur Brot und Schmalz waren da. Ein junges Fräulein mit erröteten Wangen kam uns entgegen. Bei ihrem Anblick war ich völlig ratlos. Mir fehlten die Worte, und ich nahm das Brot und das Schmalz und ging schnell weg. Mit den Jungs waren wir schnell mit Brot und Schmalz fertig. Ich habe den Jungs nichts von dem Mädchen erzählt. Ich konnte den Abend nicht abwarten. Nach der Schule ging ich zu ihr und lud sie ins Kino ein. Sie hatte ja gesagt. Und im Frühjahr haben wir geheiratet. So wurde dieses rötliche Mädchen meine Frau, und sie war noch nicht ganz 18 Jahre alt.

Wir schreiben das Jahr 1958. Nach der Ausbildung zogen wir auf den Sowhoz, wo meine Arbeitstätigkeit als Mähdrescher-Mechaniker begann. Meine Frau arbeitete als Melkerin, aber bald stellte sich heraus, dass wir Familienzuwachs erwarteten. Unsere Tochter Natascha wurde im Januar geboren. Der Winter war streng, und die Entbindungsklinik war 40 Kilometer entfernt, wohin meine Frau gebracht wurde. Ich schäme mich immer noch, dass ich nicht dabei sein konnte. Immerhin war es unser erstes Kind, und die Bedingungen, unter denen wir damals lebten, waren alles andere als normal. Ein Zimmer im ersten Stock, von allen Winden verweht. Es gab nichts, um den Herd zu heizen. Ein Kind zu baden war ein Problem. Es gab niemanden, bei dem man Kohle und Brennholz kaufen konnte. Als ich zur Arbeit eingeladen wurde, versprach man mir, mir mit einer Wohnung und Heizmaterial zu helfen. Aber das waren leere Versprechungen. Ich wurde betrogen. Nach einem Streit mit der Leitung des Sowhoz diesbezüglich, zogen wir mit meiner Frau und meiner Tochter in das Haus meiner Schwiegermutter und im Frühjahr '59 zu ihrer Schwester, die in Kasachstan lebte. Am neuen Ort gefiel es uns, aber die Lebensbedingungen waren nicht so gut: Eine von Tschetschenen während des Krieges gebaute Erdhütte. Fenster auf Bodenhöhe. Zwei Räume. Das eine war eine Küche und ein Flur, das andere ein Schlafzimmer und ein Flur. Der Hauptvorteil der Erdhütte war, dass diese warm war. Wir hatten eine Kuh, ein Ferkel, Gänse, Enten und Hühner im Hof. Meine Tochter jagte die Hühner im Hof oder rannte ihrer Mutter mit einem Becher hinterher. Mama melkte die Kuh, und die Tochter wartete darauf, dass man ihr fisch gemolkene Milch einschenkte. Papa pflügte, säte und putze den Garten. Schwiegermutter hatte einen großen Gemüsegarten, den ich nachts umgegraben hatte, wofür ich nicht gerade gelobt wurde, denn jetzt mussten wir alles so schnell wie möglich bepflanzen. Es gab viel Arbeit, und der Tag hatte auch damals nur 24 Stunden, deshalb schliefen wir nicht viel.

Unser Leben in diesem Dorf wäre so weitergegangen, aber hier war das "Problem": Wir beschlossen, unser eigenes Haus zu bauen. Und das war ein Problem, und was für ein Problem es war: Alles hing vom Holz ab. Wo bekam man es her, wo konnte man es kaufen? Also entschieden meine Frau und ich, eine Kuh, ein Schwein, Gänse und Enten zu verkaufen und von dem Geld Holz zu kaufen. Die Kolchose hatte ein eigenes Sägewerk. Doch hier gab es ein kleines Aber, das sich zu einem großen ABER entwickelte: Einmal schenkte uns meine Schwiegermutter ein Kalb von einer guten Kuh, d. h. von einer Kuh, die viel Milch gab. Die Färse wuchs heran und sollte bald einen

Wurf bringen. Wir wollten den Nachwuchs behalten und die alte Kuh verkaufen. Und da hatten wir das verfluchte ABER: Der Erste Sekretär des Rjasaner Komitees der KPdSU versprach Chruschtschow, drei Fleischpläne zu erfüllen. Diese verhängnisvolle Initiative wurde von anderen Regional- und Bezirkskomitees aufgegriffen, auch von unserem. Sie kamen zu uns in den Hof. Alle unsere Bitten, zu warten, bis unsere Färse kalbte, wurden abgelehnt. Meine Frau und ich überlegten lange, was wir tun sollten. Sollten wir die Kuh abgeben, die zwar Milch gab, aber nicht so viel, wie wir es gerne hätten, und unsere Kinder ohne Milch - das wichtigste Produkt im Dorf – zurücklassen? Oder sollten wir die Färse abgeben? Meine Frau und ich konnten uns nicht für eine der beiden Möglichkeiten entscheiden. Aber alles wurde ohne uns entschieden. Eines Tages kam unsere Färse, unsere Hoffnung, nicht nach Hause. Der Hirte, der auf der anderen Straßenseite wohnte, erklärte mir, dass unsere Färse direkt von der Herde in ein Auto geladen und in die Fleischfabrik gebracht worden war. Und es war eine Färse, die kurz vor dem Kalben stand. Kein Besitzer, es sei denn, er ist ein Idiot, würde das Vieh in diesem Zustand zerlegen. Meine Frau und ich waren schockiert. Es gab einen riesigen Skandal. Ich wurde aller Todsünden beschuldigt, und ich wurde beschuldigt, bestohlen worden zu sein. Jetzt war unser Traum von einem eigenen Haus zu einem Hirngespinst geworden. Sie hatten uns 91 Rubel für unser Vieh bezahlt. Wenn wir es auf dem Markt verkauft hätten, hätten wir dreimal so viel bekommen. Waren 91 Rubel viel oder wenig? Wenig! Wenn mehr Löcher im Haus sind, als man stopfen kann, ist auch das Geld schnell weg. So war es auch. Es blieb ein Groll, der bis heute nicht verschwunden ist.

Gegen Herbstende beruhigten wir uns ein wenig und begannen zu überlegen, was wir verkaufen konnten, um Holz für den Winter zu kaufen. Wir beschlossen, ein Schwein zu verkaufen und eines für uns selbst zu behalten. Dann kamen Gänse, Enten und Mehl dran. Meine Schwiegermutter arbeitete als Müllerin und wir hatten keine Probleme mit Mehl. Aber da ist wieder dieses verdammte ABER. Jemand beschloss, dass zwei Schweine zu viel waren und eines weggenommen werden sollte. Sie kamen mit dem Auto: ein Bezirkspolizist, zwei Abgeordnete des Gemeinderats und zwei Helfer begannen mich davon zu überzeugen, dass ein Schwein weggegeben werden sollte. Meine Frau und ich waren anderer Meinung, und wir gaben das Schwein nicht weg. Am nächsten Tag wurde ich in den Dorfrat eingeladen, wo acht Personen begannen, mich zu überreden, das Schwein zu verkaufen und mich nicht gegen die Entscheidung des Bezirksausschusses zu stellen. Sie schmierten mir Honig ums Maul: Ich sei ein junger Spezialist, ein guter Mähdrescher und auch sie verstünden die Politik der Partei nicht. Sie rieten mir, nach Hause zu gehen und es zu überdenken. Und zu Hause wartete mein Vater auf mich. Walja, meine Frau, hatte meinem Vater bereits alles erzählt, und er riet mir, das Schwein zu verkaufen und nicht darauf zu warten, dass sie es mit Gewalt wegnehmen. Was dann auch geschah. Es gab einen großen Skandal und ich wurde entlassen. Es war Erntezeit und jeder Landwirtschaftsbetrieb brauchte einen Mähdrescher. Und nachdem wir unsere ärmlichen Besitztümer ins Auto geladen hatten, verließen wir Egorovka.

Das Jahr 1961 stand im Kalender. Bereits an dem neuen Ort im Altai, im Dorf Otradnoye, wo mein Vater und meine Mutter lebten, sowie meine Schwester mit ihrem Mann und ihren Kindern, bekam ich sofort einen Mähdrescher, und nach der Ernte stieg ich auf einen Traktor um. Der Traktor war mit einem Stogometer (*eine Art Heugabel für Traktoren*) ausgestattet und meine Hauptaufgabe bestand darin, Stroh in Stapeln zu

ernten. Es gab genug Arbeit für mich und meine Frau. Ein großer Gemüsegarten, zwei Kinder, Vieh und das Haus mussten
instand gehalten werden. Es musste geschmiert, gekalkt, ge-
füttert, getränkt und das Vieh gemolken werden. All diese Arbeit fiel auf die Schultern meiner Frau. Ich erinnere mich an
eine lustige Begebenheit aus unserem Leben. Die Ernte war in
vollem Gange und dann sagte meine Frau zu mir: Es gibt kein
Futter für die Enten und Hühner. Aber es wurde bereits ange-
kündigt, dass in kürze das verdiente Brot (Getreide) verteilt
wird. Ja, in kürze, doch die Enten und Hühner wollten auch
schon an diesem Tag fressen. Dabei mähte ich ja sozusagen deren Futter gleich hinter unserem Gemüsegarten. Also beschloss ich, etwas Getreide im Trichter des Mähdreschers zu
lassen und es nachts zu holen. Aber die Kontrolle war sehr
streng, und die ganze Idee hätte im Gefängnis enden können,
wenn wir erwischt worden wären. Trotzdem beschlossen
meine Frau und ich, das Risiko einzugehen. Wir nahmen jeder
einen Sack mit. Es war spät in der Nacht. Das Dorf schlief.
Mein Mähdrescher war der erste, gefolgt von zwei anderen.
Meine Frau und ich waren im Lager. Wir packten 30 Kilo Getreide in jeden Sack und hörten Stimmen. Nun, wir waren in
Schwierigkeiten... es war zu spät, um zu fliehen. Zwei Personen kamen und beide waren auf Pferden. Sie würden uns sofort einholen. Wir bekamen keine Luft mehr. Die beiden hatten
den ersten Mähdrescher kontrolliert, dann den zweiten, aber
die waren leer. Sie kamen zu meiner Maschine.
Der eine blieb bei den Pferden, der andere kletterte auf meinen
Drescher. Wir erkannten beide; es waren keine Kontrolleure,
sondern entfernte Verwandte. Als sein Kopf über dem Behäl-
ter auftauchte, fragte ich ihn: „Was suchen wir, Petro?" Es war
ein Schock für ihn. Er konnte nicht wissen, dass in dem Lager
bereits zwei Diebe lauerten. Vor lauter Angst sprang er vom
Dach und rannte weg. Ich musste ihn lautstark zurückrufen.

Er war sehr beleidigt. Sie waren unterwegs, um zu stehlen und dann passiert sowas. Aber alles ging gut aus. Wir teilten und sie hatten nun auch genug Weizen. Meine Frau und ich sind nie wieder stehlen gegangen.

Im Herbst geriet ich bei der Futtervorbereitung in einen starken Schneeregen, fing mir eine Entzündung an der Wirbelsäule ein und landete im Krankenhaus. Ich war lange Zeit krank. Ich konnte nicht auf dem Traktor arbeiten, also arbeitete ich als Nachtpfleger, d.h. als Wächter in den Ställen. Ich war noch nicht einmal dreißig. Ich musste mir überlegen, wie ich weiterleben wollte.

Zusammen mit meiner Schwester besuchte ich meinen Bruder in Kasachstan, in der Gemeinde Schakhan. Das hat mir gefallen. Es war das erste Mal, dass ich einen Fernseher gesehen hatte. Zum ersten Mal sah ich eine Toilette in einer Wohnung und konnte sie nicht einmal benutzen, weil ich mich schämte. Mitten in der Wohnung seine Notdurft zu verrichten, das war mir peinlich. Im Frühjahr 1963 zogen wir um. Zuerst wohnten wir bei meinem Bruder, aber bald zogen wir in eine Baracke. Zwei große Zimmer und Horden von Bettwanzen. Wir mussten ihnen den Kampf ansagen, aber wir konnten keinen vollständigen Sieg erringen. Ich bekam sofort einen Job in meinem alten Fachgebiet. Es gab eine große Nachfrage nach Maurern. Ich baute hauptsächlich Häuser. Meine Frau arbeitete zunächst als Ladenhüterin, dann, nach der Umschulung, als Heizerin von Dampfkesseln. Die Arbeit war nichts für Frauen, körperlich sehr schwere Arbeit. Es war möglich, auf der Baustelle zu arbeiten, aber ohne Spezialisierung, blieb nur Heizerin. Doch bald gab es eine Möglichkeit, Kranführer zu erlernen. Nach der Umschulung arbeitete sie in der JBI (Fabrik für Stahlbetonprodukte). Wir zogen von der Baracke in eine gut ausgestattete Wohnung. Die Kinder waren den ganzen Tag in der Tagesbetreuung.

Ich erfuhr vom Regierungswechsel auf dem staatlichen Bauernhof, wo wir einen Viehzuchtkomplex bauten. Wir alle haben uns zwar nicht gefreut, aber wir waren auch nicht traurig, wir haben keine Tränen vergossen, denn Chruschtschow hatte viele Fehler gemacht. Aber seine Zeit war vorbei.

Wie war mein Verhältnis zu meiner Schwiegermutter?

Das Beste. Sie hatte eine großartige Eigenschaft: Sie mischte sich nicht in unser Leben ein.

Was möchte ich in meinem Leben noch erreichen?

Mein innigster Wunsch ist es, bei der Erziehung meiner Enkelkinder zu helfen.

Kann ich mich an meine Großeltern erinnern?

Ich erinnere mich nicht an viel von den Eltern meiner Mutter. Ich war 5 Jahre alt, als sie mir weggenommen wurden. Ich erinnere mich an einige Episoden. Sie war eine große Frau und meiner Meinung nach allwissend. Wir Kinder rannten zu ihr, um Hilfe zu bekommen, und sie fand immer Zeit und die richtigen Worte für jeden. An meinen Großvater erinnere ich mich schlechter. Er war kleiner als meine Großmutter. Er arbeitete als Gärtner in der Kolchose. Wenn die Beeren reif waren, nahm er mich manchmal mit. Großvater hieß Gendrich.

Großvater Jascha kannte ich besser. Er war ein großer und sehr kräftiger Mann. Er arbeitete nicht mehr in der Kolchose, aber er war immer beschäftigt. Den ganzen Sommer über transportierte er mit seinem Wagen Gras und trocknete es zu Hause. Auf diese Weise bereitete er Heu für die Kühe vor. Er transportierte auch Brennholz vom Kreisverkehr. Oft setzte er mich und meine Brüder auf den Karren, legte ihnen ein selbstgebasteltes Halsband an, steckte sich die Fesseln in die Hände und ging Gras oder Brennholz holen. Mein Vater erzählte mir, dass mein Großvater einmal sehr wütend auf einen jungen Ochsen war, der nicht arbeiten wollte, und das war im Frühjahr, als er pflügte. Großvater hatte zwei Stiere: Einen alten und einen jungen, und der wollte den Pflug nicht ziehen. Großvater ist von Natur aus sehr ruhig, und es ist schwierig, ihn dazu zu bringen, die Beherrschung zu verlieren. Nach vielen Versuchen, den Stier zum Arbeiten zu bewegen, schlug Großvater dem Stier mit der Faust gegen die Stirn. Der Stier wachte zwar wieder auf aber Großvater bereute es lange Zeit und verfluchte sich selbst, weil er sich nicht zurückgehalten hatte. Großvater war dreimal verheiratet. Seine letzte Frau war nicht die Mutter meines Vaters. Die Mutter meines Vaters starb nach der Geburt, und mein Vater wurde von seiner Stiefmutter aufgezogen. Ihr Name war Anna.

Die andere Großmutter mütterlicherseits - sie hieß Sarah. Ich erinnere mich gut daran, wie sie auf einem Schlitten weggebracht wurde. Meine Großmutter und ihre beiden Töchter wurden in einen Schlitten gesetzt, und zwei Begleiter saßen in dem anderen Schlitten. Erst heute habe ich erfahren, wie sie gestorben ist. Sie hatte sehr langes Haar, und mit diesem Haar banden sie sie an einen Baum und ließen sie sterben. Und niemand weiß, wo ihre letzte Ruhestätte ist...

Glaubst du an Gott?

Ich glaube an einen Schöpfer.

Der stärkste emotionale Schock in meiner Kindheit.

Die Verhaftung meines Vaters und der Tod Stalins.

Wie habe ich meine Frau kennengelernt?

Diese Frage habe ich bereits zu Beginn beantwortet.

Mein Lieblingssänger oder meine Lieblingssängerin

Ich würde ABBA an die erste Stelle setzen, und dann Roberto Loreti, Ruslanova, Anna German, Sofia Rotaru.

Welchen Beruf würde ich meinen Enkelkindern empfehlen?

Welchen Beruf sie auch immer wählen, die Hauptsache ist, dass er ihnen gefällt, dass er keine Last ist, sondern Freude macht.

Ich werde eine lustige Geschichte aus meinem Arbeitsleben erzählen. Diese Geschichte ereignete sich ganz am Anfang unseres gemeinsamen Lebens. Nach dem Abschluss der Ausbildung bekamen meine Frau und ich eine Stelle in einem von Ukrainern geführtes Sowhoz. Ich bekam einen neuen Mähdrescher - einen selbstfahrenden C4M. Und wir wohnten in der Wohnung einer betagten Frau und ihrem Mann. Die alte Frau hatte ein Bein weniger, aber sie war sehr mobil. Meine Frau wurde Melkerin und war bereits schwanger. Das Jahr 1958 war sehr ertragreich und sehr schwer zu ernten. Der Mähdrescher war so unausgereift, so viele Fabrikfehler, dass wir ständig am Reparieren waren. Ich schlief direkt am Arbeitsplatz, d.h. entweder im Silo oder in einem Graben, und selbst dann nicht mehr als zwei oder drei Stunden. Und das war nicht ein Tag, nicht zwei Tage, sondern Wochen. Schlafentzug macht einen Menschen dumm. Am späten Abend erwartete uns der Vorarbeiter am Rande des Feldes. Uns, zwei Mähdrescher. Auf dem zweiten war Mähdrescher Bureyko, und wir erhielten den Auftrag, nach Abschluss der Ernte sofort auf ein neues Feld zu ziehen. Wir waren erst in der zweiten Stunde der Nacht fertig. Ich hatte seit einer Woche nicht mehr im Bett zu Hause geschlafen. Also beschloss ich, wenigstens ein paar Stunden da Heim zu nächtigen. Ich fuhr den Mähdrescher in den Hof, ließ das Wasser aus dem Kühler ab und ging ins Bett. Meine Frau war nicht zu Hause, sie war bei ihrer Mutter. Ich schlief sofort ein und träumte, dass ich vergessen hätte, das Schneidwerk auf die Sicherung zu setzen und so die Hydraulik nicht hielt. Das Schneidwerk sinkt unter seinem eigenen Gewicht ein, und die Wade des Besitzers liegt unter dem Schneidwerk. Ich weiß, dass das Schneidwerk ihn überfahren wird. Ich muss ihn da sofort rausholen. Dazu muss ich unter das Schneidwerk steigen und es festhalten. Das habe ich getan. Nur bin ich nicht unter das Schneidwerk gekommen, sondern unter das Eisenbett auf dem ich eingeschlafen bin. Ich hob das Bett mit dem Rücken an, es schnitt mir in die Haut, es tat mir weh, ich schrie. Sie schüttelten mich und schrien, ich solle aufwachen. Ich sah nun die Alte in Weiß und ihren Mann hinter ihr, aber ich schrie weiter. Der Alte hinter dem Rücken der Frau bekreuzigte sich und bettete "heilig, heilig, heilig". Die Greise war mutiger und setzte sich endlich durch, schaffte es, mich aufzuwecken. Ich weiß nicht mehr, wie ich unter das Bett gekommen bin, wie ich das Bett mit meinem Rücken angehoben habe. Aber ich hatte die Besitzer ordentlich erschrocken. Sie dachten, ich hätte nicht mehr alle Tassen im Schrank. Mein Rücken schmerzte mir noch lange.

Mein Lieblingsschauspieler

Da gibt es viele. Schukschin, Nikulin, Tichonow, Bronevoi.

Mein erster Eindruck eines Theaterbesuchs

Zum ersten Mal war ich in einem Theater in Taschkent und sah mir das Stück "Der Zigeunerbaron" an. Das Stück hat mir nicht gefallen, aber das Theater selbst, seine Architektur, hat mich wirklich beeindruckt. Ich habe mir das Gebäude selbst mehr angeschaut als das Stück.

Die jüngste Enkelin: Wie war dieser Tag für mich?

Wir wussten alle, dass es ein Mädchen werden würde, und wir waren darauf vorbereitet. Schließlich ist die Geburt eines Kindes immer ein Ereignis. Meine Frau und ich lieben Kinder. Und wenn man bedenkt, dass dies wahrscheinlich die letzte Enkelin in meinem Leben ist, kann man unsere Gefühle verstehen. Es wäre eine Freude, sie im Kindergarten zu begrüßen, so wie es bei Lisa und Matti (Matthias) der Fall war. Ich möchte hoffen, dass das Schicksal mir noch ein paar Jahre Leben schenkt.

Mein erster Eindruck von einem Fernsehgerät

Das erste Mal, dass ich einen Fernseher gesehen habe, war im Haus meines Bruders in Schakhan. Es war ein Gerät mit einem kleinen Bildschirm und einem Metallgehäuse. Wir schrieben das Jahr 1963. Für meine Schwester und mich war es ein Wunder. Unseren ersten Fernseher kauften wir 1965 und nannten ihn "Jenissei". Die Sendungen liefen abends und es gab nur ein Programm. Ich weiß nicht mehr genau, wie viel er gekostet hat.

Mein erster Verdienst

Mein erstes Gehalt betrug 504 Rubel. Ich verdiente es als Schafhirte. Meine Mutter hat sich mehr über das Geld gefreut, ich habe es nicht gesehen. Es gab so viele Löcher in der Familie, und es brauchte viel Geld, um sie zu stopfen. Danach verdiente ich nicht so viel Geld. Ich wurde dann als Milchviehhirte eingesetzt, und dort gab es ganz andere Einkünfte, aber auf jeden Fall weniger.

Wie war das erste gemeinsame Jahr nach der Hochzeit für uns?

Ich kann nicht sagen, dass es ein rosiges Jahr war. Ein Problem nach dem anderen tauchte auf. Die Geburt einer Tochter, Wohnungsmangel, Probleme mit der Brennstoffbeschaffung und viele, viele Fragen, die gelöst werden mussten. Aber wir waren jung. Wir freuten uns über jedes Glück, freuten uns über die Erfolge unserer Tochter und blickten voller Hoffnung in die Zukunft.

Mein Lieblingsgericht?

Meine Frau und ich sind beim Essen nicht wählerisch. Natürlich habe ich meine Lieblingsgerichte. Ich esse mit Begei-sterung alles aus Mehl, und wenn man bedenkt, dass meine Frau gut kochen und backen kann, kann man sich denken, dass bereits gebackenes Brot an erster Stelle steht. Blintschiki (*Pfannkuchen*), Strudel, Knödel, Nudelsuppe, Borschtsch sind aber auch nicht die letzten auf unserem Speiseplan.

Wann habe ich mich das erste Mal hinter das Steuer eines Fahrzeugs gesetzt?

Mein erstes Fahrzeug war ein DT 54 Traktor und das war 1956.

Was bedauere ich am meisten?

Ich habe in meinem Leben viel gebaut, aber ich habe kein Eigenheim gebaut. Obwohl ich immer noch nachts daran arbeite. In meinem Kopf zeichne ich mein Haus, und ich zeichne es groß, hell, warm mit einer großen Küche, und ich bedauere, dass es nur in meinen Träumen ist.

Wie habe ich mit dem Rauchen aufgehört?

Ich kann nur sagen, wie lange und schmerzhaft ich mit dieser Sucht gekämpft habe. Es war keine leichte Aufgabe, sich beim Anblick von Zigaretten oder Rauchern zurückzuhalten, vor allem, wenn man ein wenig unter Stress stand. Aber wie man sieht, ist es mir gelungen, alle Hindernisse zu überwinden und dem Verlangen nach dem Rauchen ein Ende zu setzen.

Mein Lieblingsschriftsteller

Meinen Lieblingsschriftsteller zu nennen ist ziemlich schwierig, es gibt viele. Früher las ich Jules Verne, Dumas, Fenimore Cooper, und von den russischen Schriftstellern - Schischkow, Rasputin, Pikul, Scholochow, man kann ein Dutzend mehr nennen.

Wie und wann habe ich mit dem Singen angefangen?

Es ist schwer, ein genaues Datum zu nennen. Ich war wahrscheinlich etwa sieben Jahre alt, als ich vor dem Haus ein deutsches Lied sang und eine Nachbarin mich lobte. Sie sagte, ich sei gut darin. Später, bereits in Semjonowka, versammelten sich alte Damen auf der Treppe und sangen alte ukrainische und russische Lieder. Sie riefen mir zu: "Vasilko, komm zu uns und lass uns was singen!". Von ihnen hörte ich viele alte Lieder, an die ich mich noch immer erinnere. Auch in der Schule wurde dem Singen viel Aufmerksamkeit geschenkt, allerdings nur patriotischen Liedern. Vor allem Lieder über Genosse Stalin oder ihm gewidmete Lieder. Gesungen wurde überall. Fünf oder sechs Mädchen saßen auf einem Karren, die zum Mähen gingen, und der Karren wurde von zwei Stieren gezogen, die es nicht eilig hatten, und so sangen die Mädchen auf dem einen Karren ein Lied, und das Lied wurde vom anderen Karren aufgegriffen. Ein Radio gab es nicht, aber zweimal im Jahr gab es Kino. Das einzige Musikinstrument im Dorf war eine Balalaika. Also haben wir selbst gesungen.

Ich werde Euch ein paar Tiergeschichten erzählen.

1947. Sommer. Mein Vater ritt auf einem Pferd weg. Wir Kinder fragten nicht, wohin er ging und warum. Am Abend kam Papa zurück und gab uns ein lebendes Geschenk. Es war ein männlicher Welpe. Er hatte weiße Beine. Deshalb nannten sie ihn Weispot, das ist das mennonitische Wort für "Schneewittchen". Wir waren überglücklich. Im ganzen Dorf gab es keinen einzigen Hund. Sie wurden entweder von Menschen oder von Wölfen gefressen. Wir waren nicht die einzigen, die sich freuten. Jungen aus dem ganzen Dorf versammelten sich bei uns und beneideten uns.

1948. Mein Vater brachte drei Taubenpaare mit. Ein Jahr später hatten wir einen Schuppen voller Tauben und mussten sie verschenken. Viele Tauben wurden gestohlen. Nachts brachen sie das Dach des Schuppens auf und nahmen mit, was nicht niet- und nagelfest war. Wir waren alle sehr traurig und weinten. Als Ersatz für die Tauben brachte mein Vater Kaninchen mit. Aber Kaninchen konnten uns nicht so viel Freude bereiten wie ein Hund und Tauben. Umso mehr wurden sie gegessen, und es tat weh, mit anzusehen, wie sie getötet wurden. Doch der Hund blieb unser Liebling bis zu seinem Tod. Im Winter 1952 wurde er erschossen.

Mein Lieblingsbuch

Da gibt es viele, und es ist schwierig, ein einziges zu nennen. Früher habe ich gerne Shota Rustavelis „Der Ritter im Tigerfell" gelesen, aber mit den Jahren hat sich mein Geschmack geändert. Ich begann Georgi Markov zu lesen. Aber ich bin nie dazu gekommen, Tolstois "Krieg und Frieden" zu lesen.

Wie war mein Vater?

Kornelius Klassen (Kornei Jakowlewitsch Klassen) war ein Mann mit einem harten Schicksal. Er hat früh geheiratet und seine Frau früh beerdigt. Ein junger Vater mit einem kleinen Kind im Arm - und man musste weiterziehen und an seinen Sohn denken. Wie mein Vater meine Mutter kennengelernt hatte - ich weiß es nicht. Immerhin war meine Mutter acht Jahre älter. Ich weiß, dass meine Mutter zuerst Kindermädchen für den kleinen Yasha war, dann haben sie geheiratet, und als meine Schwester geboren wurde, war Yasha nicht mehr da. Nach den Erzählungen meiner Mutter war Yasha ein kränkliches, schwaches Kind. Mein Vater war von Natur aus ausgeglichen, ruhig und konnte sich selbst unter Kontrolle halten. Er hatte ein ausgezeichnetes Gedächtnis und war ein guter Geschichtenerzähler. Die Kinder in der Schule liebten ihn. Und wir, seine Kinder und später seine Enkelkinder, liebten ihn. Vater war überzeugter parteiloser Kommunist. Er glaubte, dass die Partei und ihre Führer alles richtig machten, obwohl er an seiner eigenen Haut so viel erlebt hatte, dass ein anderer Mensch für zwei Leben genug gehabt hätte. Erst der Tod seiner Mutter, dann der Tod seiner Frau und der Tod seines Sohnes. Dann der Krieg, die Front. Dann der Vorwurf der Unzuverlässigkeit aller Russlanddeutschen und die Vertreibung nach Sibirien und Kasachstan. Die Arbeitsfähigen wurden in die Arbeitsarmee geschickt. Mein Vater ging nach Nowosibirsk, um in einer Fabrik zu arbeiten, und arbeitete zunächst als Chauffeur und dann auf einer Dampflokomotive. Mein Vater erzählte mir, wie er mehrere Zähne verloren hat. Sie wurden ihm ausgeschlagen, weil Vater seine eigenen Leute nicht verpfeifen wollte. Und doch blieb mein Vater seinen Überzeugungen treu und glaubte an seine "Heimatpartei" und lehrte uns dasselbe. Doch eines Tages fand ich ihn sehr frustriert vor. Wie ich später erfuhr, war der Grund für seinen Frust die Weigerung, ihn in die Partei aufzunehmen. Der offizielle Grund war, dass er die Grammatik nicht richtig beherrschte. Meiner Meinung nach war der wahre Grund ein anderer. Mein Vater saß im Gefängnis. Obwohl sein Strafregister getilgt wurde, wollten sie ihn nicht in ihren Reihen haben. Vater war natürlich kein Heiliger. Er konnte trinken und ausgehen. Für uns, die Kinder, war er der liebste Mensch.

Ich habe einen Goldfisch gefangen. Welche drei Wünsche würde ich mir erfüllen?

Erstens würde ich mir gute Gesundheit für meine ganze Familie wünschen.

Zweitens: Ich würde den Goldfisch bitten, meinen Kindern und vor allem meinen Enkeln zu helfen, in ihren Berufen erfolgreich zu sein.

Der dritte Wunsch ist mein Wunsch. Ich würde mir sehr wünschen, dass wenigstens eine Enkelin oder ein Enkel Sängerin oder Sänger wird.

Was wollte ich als Kind werden?

Das ist eine schwierige Frage, und sie ist nicht so einfach zu beantworten. Wenn man in einem abgelegenen Dorf lebt, wo sich alles um Vieh, Land und Gemüsegarten dreht, wenn sogar zu Hause am Tisch über die Ernte und die Milcherträge gesprochen wird, dann kann man nur von ländlichen Fähigkeiten träumen - von einem Agronomen oder einem Tierarzt z.B.

Wir hörten nicht einmal von solchen Berufen wie Pilot, Matrose, Kosmonaut, Lokomotivführer. Ich lebte bereits in der Stadt und hatte einen Traum, der mir vom Direktor der Schule, Derkach Anton Petrovich, einem großen Liebhaber des Gesangs, eingeflößt wurde. Er fand sogar einen Lehrer, der mit uns (wir waren zu zweit) lernen sollte. Wir lernten zwei Lektionen und das war das Ende unserer Ausbildung. Dem Schulleiter wurde gesagt, dass er keine Schule mit einer musikalischen Ausrichtung habe, und der Satz eines Gesangslehrers war nicht vorgesehen. Und die Zeit war sehr hart, hungrig. Wir mussten uns mit jeder Art von Arbeit abfinden.

Meine erste Begegnung mit Alkohol

Es war das Jahr 1954. Es war der Monat März. Ich habe zum ersten Mal gewählt. Nach der Wahl beschlossen mein Freund und ich zu feiern. Ich hatte eine Flasche Wodka und er hatte eine Flasche Wodka. Keine Snacks. Zwei Päckchen Belomorkanal (*Zigarettenmarke*). Wir tranken zwei Flaschen Wodka, knabberten an Belomorkanälen und gingen zu den Melkerinnen, wo wir ein wenig Wein dazu tranken, und dann - Filmriss. Drei Tage lang ging ich nicht zur Arbeit, aß nicht, trank nicht. Allmählich kam ich wieder zu mir und kam zu dem Schluss, dass Alkohol nichts für mich ist. Wenn ich danach trinken musste, empfand ich kein Vergnügen mehr, sondern im Gegenteil Ekel.

Mein größter Erfolg im Leben

Ich denke, dass ich in der Arbeitswelt einige Erfolge erzielt habe. Ich war ein guter Mechaniker. Danach habe ich als

Maurer gearbeitet und dabei eine Menge gelernt. Aber das Wichtigste sind meine Kinder. Meine Frau und ich haben es geschafft, würdige Kinder großzuziehen. Jeder hat seine eigene Familie, sie arbeiten alle. Wir haben keine Alkoholiker, keine Versager. Wir haben wunderbare Enkelkinder und Urenkel. Meine Frau und ich sind stolz und glücklich über den Erfolg unserer Kinder, Enkel und Urenkel.

Ich werde euch von dem gefährlichsten Abenteuer meiner Jugend erzählen.

Ich bin zweimal ertrunken. Das erste Mal - auf dem Fluss Ob. Das zweite Mal - auf dem Biya-Fluss.

1955. Bahnhof Rebriha. Der Bau neigte sich dem Ende zu. Der Bedarf an Bauleuten wurde immer geringer und es war notwendig, umzuschulen. Wir brauchten Trocknungsmeister. Ich wurde zur Ausbildung in die Stadt Kamen-na-Obi geschickt. Ich sah zum ersten Mal einen richtig großen Fluss. Ich wohnte bei unseren Bekannten, sie hatten einen Sohn in meinem Alter. Also gingen wir mit ihm schwimmen. Damals schwamm ich nur etwas besser als eine Axt. „Komm schon", - sagt mein Partner, - „zur Insel und zurück". Es sind etwa 50-60 Meter bis zur Insel. Aber die Strömung ist stark. Wir sind zur Insel geschwommen, haben uns ausgeruht und müssen zurückschwimmen. Aber ich hatte nicht genug Kraft, um gegen die Strömung anzukämpfen. Und wenn mein Kamerad nicht gewesen wäre, hätte ich den ganzen Fluss trinken müssen. Das als Kurzfassung.

Mein Kindheitstraum

Wohlgenährt zu sein! Ich bin um die Welt gereist. Lasst mich das erklären.

"Die Welt bereisen" bedeutet betteln. Das ist ein ziemlich erniedrigendes Gefühl. Satt zu sein ist ein Gefühl, das sich nur schwer in Worte fassen lässt. Wir sind es heute gewohnt, beim geringsten Hungergefühl zum Kühlschrank zu rennen und etwas zu essen. Aber wenn nichts da ist und der ganze Organismus Tag und Nacht, jede Sekunde "Ich habe Hunger!" schreit, kommt einem jede Kruste wie Manna vom Himmel vor. Und für jede Kruste musste man sich erniedrigen, sich schämen. Denn lange nicht jeder hat einem etwas gegeben. Du konntest beleidigt werden, du konntest einen Tritt in den Hintern bekommen. Viele Jahre sind vergangen, ich bin wohl genährt, aber ich schäme mich immer noch. Wenn ich mich an diese Zeit erinnere, bekomme ich eine Gänsehaut, und wenn ich Brot auf dem Boden sehe oder sehe wie es behandelt wird, kommt mir unwillkürlich der Gedanke, diesen Menschen zu wünschen, dass sie wenigstens eine Woche den Hunger verspüren. Dann würden sie vielleicht lernen, Brot zu schätzen.

Man kann viel Geld haben und verhungern, aber wenn man ein Stück Brot in der Tasche hat, hat man keine Angst vor dem Tod, und deshalb rufe ich laut: Es lebe das Brot!

Habe ich schon immer viel gelesen?

Ich habe in der 4. Klasse angefangen zu lesen, und das erste Buch, das ich las, war "Der Ritter im Tigerfell". Das zweite Buch hieß "Stahl und Schlacke". Und dann die Jules-Verne-

Bücher. In der Schule gab es eine gute Bibliothek. Mein Lieblingsbuch, und davon gibt es viele, aber trotzdem würde ich eines besonders hervorheben: Ugryum- der Fluß.

Was hat mich dazu bewogen, nach Deutschland zu ziehen?

Einer der Hauptgründe war das Chaos im Land, die grassierende Trunksucht, der Zusammenbruch der Wirtschaft und die Angst vor der Zukunft. Der Völkermord, den die Deutschen erlebt hatten, könnte sich wiederholen. Dann die Angst um die Kinder und Enkelkinder. Und die Jahre waren nicht mehr dieselben. Das hohe Alter stand bevor. Das in aller Kürze.

Was war die glücklichste Zeit in meinem Leben?

Ich würde die Jahre hervorheben, in denen ich im Altai-Gebirge lebte, und die Zeit, in der ich an der Schule lernte. Als ich meine zukünftige Ehepartnerin kennenlernte, dann die Geburt meines ersten Kindes - das war eine wunderbare Zeit. Schließlich waren wir jung und freuten uns auf die Zukunft.

Erzählen Sie mir von Ihren Brüdern und Schwestern?

Meine Brüder sind Wladimir, Alexander und Nikolai. Wladimir und Alexander - geboren 1939 - sind Zwillinge. Alexander starb im Winter 1956, sein Herz versagte. Er wurde krank geboren. Er war ein rothaariger Rotschopf. Nikolai starb nach nur drei Jahren. an einer Hirnhautentzündung. Ich habe nur eine Schwester. Sie ist zwei Jahre älter als ich. Da habe ich gelogen. Ich habe zwei Schwestern. Die zweite ist die Tochter meines Vaters. Ihr Name ist Nadezhda. Nachname Ognjanik. Geburtsjahr - 1946. Ich kenne sie überhaupt nicht. Die Gerüchte, die mich erreichten, zeigten sie nicht von der besten Seite. Für mich war Nikolai wahrscheinlich am nächsten dran. Immerhin war er der Jüngste und sehr intelligent. Nach seinem Tod herrschte eine Leere in meiner Seele, und es dauerte lange, bis diese Wunde heilte. Aber manchmal reist diese Wunde auf und jammert. Mit Wolodja waren wir noch nie so eng befreundet. Wir sind zu verschieden. Wir kommunizieren wie Brüder, aber in unseren Seelen lebt jeder von uns sein eigenes Leben. Wir haben die gleiche Mutter und den gleichen Vater, aber wir sind so verschieden. Mein Bruder hat früher viel getrunken. Jetzt, wo ich 75 Jahre auf dem Buckel habe und auf die Jahre zurückblicke, die ich gelebt habe, kann ich mit Sicherheit sagen, dass Maria mir näher ist. Wir verstehen einander besser.

Hatte ich in meiner Kindheit und Jugend irgendwelche Hobbys?

Wahrscheinlich hatte ich, wie jeder, meine Hobbys. Ich habe gerne gesungen, ich bin gerne geritten, ich habe schöne Pferde geliebt. Im Laufe der Zeit kamen andere Hobbys hinzu. Das Leben macht seine eigenen Anpassungen.

Warum wurde ich gelobt? Wer hat mich öfter gelobt: meine Mutter oder mein Vater?

Ich kann mich an kein einziges Mal erinnern, dass mich meine Mutter gelobt hat. Sie kannte solche Worte nicht. Mein Vater lobte mich für meine Noten in der Schule, für gutes Benehmen. Manchmal, wenn es eine Gelegenheit gab, hat er mich ermutigt.

Wie war meine Mutter? Wie kann ich mich an sie erinnern?

Meine Mutter - Sarah Hiebert - stammte aus einer Bauernfamilie. Ihre Grundschulausbildung erhielt sie in einer kirchlichen Schule in deutscher Sprache. Russisch konnte sie nicht. Sie war fest davon überzeugt, dass Schläge das Selbstbewusstsein stärken. So wurden Maria und ich oft ausgepeitscht, auch wenn wir unschuldig waren. Sie glaubte uns nicht, und jeder Versuch, ihr etwas zu erklären, wurde von ihr im Keim erstickt. Es gab keine große Liebe zwischen meinem Vater und meiner Mutter. Vielleicht hatte das ihren Charakter geprägt. Sie heiratete, als sie 29 Jahre alt war. Der Vater war acht Jahre jünger. Wenn der Vater kein Kind im Arm gehabt hätte, wären sie vielleicht nie zusammengekommen, sie waren zu verschieden. Der Vater konnte stundenlang mit Kindern spielen, er las viel und kannte viele Märchen, er versuchte mit großem Geschick, das alles den Kindern nahe zu bringen. Die Mutter hatte nur genug Geduld, um sie zu begrüßen. Eine Umarmung, ein Kuss, ein Bonbon und das war das Ende ihrer Geduld. Sie sagte immer wieder, dass sie ihre Kinder selbst erzogen habe, und wir, ihre Kinder, sollten unsere Kinder selbst erziehen. Ich versuche oft, meine Mutter zu verstehen und eine Rechtfertigung für ihr Handeln zu finden. Seit 1946 war sie Hausfrau und hatte bis zu ihrem Tod nie gearbeitet. Selbst als die Not uns in die Enge trieb. Als Maria 17 war, ging sie als Bauarbeiterin arbeiten. Ich hingegen wanderte nach der Schule umher. Und die Jahre 1951-1953 waren sehr hart. Meine Mutter konnte bis zu ihrem Tod kein Russisch und konnte sich nicht mit russischsprachigen Menschen verständigen. Das erklärt bis zu einem gewissen Grad, warum sie sich keine Arbeit suchte. Schließlich hat sie während des gesamten Krieges von früh bis spät gearbeitet. Ja, davor gab es Frauen wie sie, mit denen sie frei reden, ihren Kummer oder ihre Freude teilen konnte. All das fehlte ihr, als sie in der Stadt lebte. Als wir 1953 in den Sowhoz zogen, war Maria 19 Jahre alt, ich war 17, Wolodja war erst 15, und wir alle drei arbeiteten. Meine Mutter und der kranke Schurik blieben zu Hause. Hier im Dorf hatte meine Mutter auch keine Freunde oder Nachbarn, die Deutsch sprachen. Also musste sie stets ihr eigenes Süppchen kochen. Wir Kinder sprachen alle Russisch, und wir hatten andere Interessen.

Es ist schwierig, über seine Mutter zu schreiben, die engste und liebste Person, die einem das Leben geschenkt hat. Für uns Kinder war der liebste und geliebteste Mensch unser Vater. Mit ihm konnte man immer seinen Kummer und seine Freude teilen. Er wusste, wie man zuhört. Man könnte noch viel und lange über meine Mutter schreiben, über ihr schweres Schicksal, über die überstandenen Jahre der Kriegsnöte. Sie Maß an Trauer war voll. Und trotz dieser hungrigen und kalten Jahre hatte sie es geschafft, ihre Familie zusammenzuhalten und kein Kind an Hunger sterben zu lassen. Und deshalb ziehe ich meinen Hut vor meiner Mutter und verneige mich vor ihr.

Was hat mich in meiner Kindheit und Jugend traurig gemacht?

Ich würde diese Frage in drei Phasen unterteilen:

1. Vor dem Krieg, ich bin 5 Jahre alt

2. Der Krieg
3. Nach dem Krieg

Ich beginne mit der ersten Phase. Welchen Grund könnte ein fünfjähriges Kind haben, traurig zu sein? Wenn man zu essen und Kleidung hat, in der Nähe von Vater und Mutter ist und jemanden zum Spielen hat, gibt es keinen Grund, traurig zu sein.

Eine andere Sache ist der Krieg. Der Vater wurde eingezogen. Die Mutter wurde mit vier Kindern auf dem Arm und ohne Ernährer allein gelassen. Ständige Unterernährung, Salzmangel und Arbeit, Arbeit, Arbeit. Mutter war von morgens bis abends auf der Arbeit, und die ganze Hausarbeit fiel auf die Schultern meiner Schwester und uns Kinder. Ohne einen großen Gemüsegarten kein Überleben. Mutter pflügte ihn, und dann fiel die Verantwortung auf uns, die Kinder, zurück. Wir mussten alles pflanzen, jäten, lockern und ernten. Wir mussten Brennmaterial sammeln, meistens Kizyak (*Kuhmist*). Und viele, viele andere kleine Dinge, auf die wir nicht verzichten konnten.

Die dritte Phase ist für mich wahrscheinlich die schwierigste. Es gibt Hunger, Unkenntnis der Sprache und ständige Beleidigungen. Immerhin bin ich schon 10 Jahre alt gewesen und hatte vieles verstanden. Und es war sehr beleidigend. Wenn sie dir "Faschist!" ins Gesicht schrien und du nicht antworten konntest, und wenn du es doch getan hättest, hättest du Ärger in der Schule bekommen. Ich habe mir das nicht immer gefallen lassen. Wenn ich zur Weißglut gebracht wurde, habe ich mich auf den Täter gestürzt, ohne mich darum zu kümmern, was ich in den Händen hielt, und ohne an die Folgen zu denken.

Wann bin ich das erste Mal auf ein Pferd gestiegen?

Alle Jungen vom Land stiegen sehr früh auf ein Pferd. Wann ich das erste Mal auf einem Pferd saß, kann ich heute nicht mehr sagen. Ich weiß nur noch, wie sie mich auf eine alte Stute setzten und mich „Lehm kneten ließen" (*sich den Hintern wundreiten*), da war ich sieben Jahre alt. Es war schwer, ohne Sattel auf dem Rücken des Pferdes zu bleiben, aber ich lernte es mit der Zeit. Mein Hintern blutete und ich musste ein paar Tage lang schräg gehen. Aber 1953 bekam ich einen Sattel und saß mehrere Jahre lang mit Unterbrechungen im Sattel.

Worauf war ich als Kind stolz? Worauf bin ich jetzt stolz?

In der Schule eine Eins zu bekommen, macht mich stolz. 30 oder 40 Erdhörnchen zu fangen, darauf war ich stolz. Sie erlaubten mir mit der Harke arbeiten, ich war stolz. Meine Kinder oder Enkelkinder haben es zu etwas gebracht - ich bin stolz. Ich bin stolz darauf, dass ich mein Leben nicht umsonst gelebt habe, dass es keine Verschwendung war. Ich habe Kinder, Enkelkinder, Urenkelkinder.

Die Blütezeit der "Stagnation".

Mitte der 70er Jahre. Wenn die Führung in irgendeinem Bereich wechselt, gibt es gewaltige Veränderungen. Wie man so schön sagt: Ein neuer Besen kehrt immer gut. Nach dem Abgang von Chruschtschow waren keine großen Veränderungen im Leben der einfachen Menschen zu erkennen. Die gleichen Warteschlangen in den Geschäften, geringe Löhne. Die Männer hatten das Sagen, und die Frauen trugen Schienen und Schwellen. Aber das war nicht neu. Im Laufe der Jahre hatte

der Bau von Wohnungen, Schulen, Kinder- und Vorschulein-
richtungen zugenommen. Dem ländlichen Bau wurde viel
Aufmerksamkeit gewidmet. Dennoch gab es einen Mangel an
Fleisch, Wurst und Milchprodukten. Aber die Regale platzten
vor Wodkaflaschen. Es wurde viel getrunken. Für eine Flasche
Wodka konnte man ein Auto voll mit Kohle kaufen. Alles
wurde für Wodka verkauft und gekauft. Das Volk ertrank im
Alkohol. Und wieder änderte sich die Macht. Michail Sergeje-
witsch Gorbatschow, jung im Vergleich zu den vorherigen
Führern, stieg in den sowjetischen Politolymp auf. Die Menschen hofften, dass sich alles zum Besseren wenden würde,
aber das Gegenteil war der Fall. Die Union brach zusammen.
Die UdSSR ist nicht mehr auf der Landkarte zu finden. Wir
lebten als eine große Familie und machten keinen Unterschied
zwischen den Nationen. Jetzt sind wir wie Ratten, die in ver-
schiedene Richtungen laufen: Die Russen in die eine Richtung,
die Deutschen nach Deutschland. Diejenigen, die die Möglichkeit hatten, zu gehen, haben ihre Heimat verlassen. Ich persönlich hatte das Glück, dass ich mit meiner Familie nach Deutschland reisen konnte. Wäre ich dort geblieben, hätte ich schon
längst den ewigen Schlaf gefunden. Für viele Menschen hat
Gorbatschow die Grenzen zu einer anderen Welt geöffnet, und
sie sind ihm dafür dankbar. Andere hingegen schimpfen über
ihn mit den schmutzigsten Worten.

**Erzählen Sie uns von Ihren Erfahrungen nach der Geburt Ih-
res ersten Kindes**

Zunächst möchte ich sagen, dass meine Frau und ich jung waren. Ich war 22 und meine Frau ist noch nicht einmal 19 Jahre
alt gewesen. Wir hatten nicht an jeder Schicksalsbiegung
"Hurra" geschrien. An alles muss man sich erst einmal

gewöhnen. Wenn dir deine Frau eines Tages sagt, dass sie schwanger ist und wir in 9 Monaten die Geburt eines neuen Menschen erwarten können - dieser Nachricht war ich gelassen begegnet. Aber die Gedanken daran, dass bald ein kleiner Mensch auf die Welt kommt, ließen einen nicht in Ruhe. Sie kamen immer öfter in deinen Kopf, und wenn deiner Frau die Schwangerschaft auch noch schwer bekommt und du siehst, wie sie leidet - dann denkst du Tag und Nacht daran und wartest darauf, dass es endlich vorbei ist. Du hast Mitleid mit deiner Frau, und das Kind, das sie unter ihrem Herzen trägt, beginnt dir auch leid zu tun. Manchmal hast du solche Angst um beide, dass du heulen könntest. Und das Schlimmste ist, dass du machtlos bist und nicht in diesen Prozess eingreifen kannst. Es bleibt nur, zu warten. Die schwangere Frau ist während der Schwangerschaft mit ihrem zukünftigen Kind verbunden. Aber der Vater des Kindes braucht Zeit. Ich hatte sogar Angst, das Kind in die Arme zu nehmen, so zerbrechlich und schutzlos wirkte es. Man sah der Mutter beim Stillen zu, beim Baden des Kindes, und etwas in der Brust drehte sich um, und man begann zu verstehen, dass dies die Wirklichkeit war, kein Traum, dass man der Vater dieses kleinen Menschen war und dass man für das Leben des Kindes verantwortlich war. Man kann noch viel mehr über die Geburt und die Bindung an Kinder schreiben und reden, da dieses Thema unerschöpflich ist. Denn je älter ein Mensch wird, desto mehr sieht er viele Dinge mit anderen Augen. Obwohl die Geburt eines Kindes in jedem Alter, sei es in der Jugend oder im Erwachsenenalter, immer ein großes, unvergessliches Ereignis bleibt.

Der Zusammenbruch der UdSSR

Ich war 55 Jahre alt. Das Land steuerte schon seit langem auf diesen Zusammenbruch zu. 10 Jahre Krieg in Afghanistan, und die Menschen begannen sich immer öfter die Frage zu stellen: "Was ist passiert? Warum können wir diesen unnötigen Krieg auf fremdem Territorium nicht gewinnen? Warum können wir zu Hause kein normales Leben aufbauen?" Überall herrschte Mangel, die Läden waren leer. Ware nur gegen Bon. Wir konnten unseren Lohn nicht bekommen, weil kein Geld da war. Die Korruption wucherte. Man hatte das Gefühl, dass das Land seinen Weg verloren hatte. Man konnte nicht zurück und nicht vorwärts gehen. Es gab wieder nichts zu essen, und alle waren wieder betrunken. Es war eine Tragödie.

Meine ersten Eindrücke nach meiner Ankunft in Deutschland

Die Entscheidung, einen solchen Schritt wie die Übersiedlung nach Deutschland zu wagen, war für mich sehr schwierig. Ich hatte 55 Jahre lang in der Sowjetunion gelebt, gelernt, gearbeitet, meine Kinder großgezogen, auf meine Enkel gewartet und meine Eltern beerdigt. Hier war mir alles vertraut, ich konnte mit Menschen reden, ich kannte die Sprache, ich konnte lesen und schreiben. Aber was erwartete mich in Deutschland? Ich kannte die deutsche Sprache nicht, und um ehrlich zu sein, wusste ich darüber gar nichts. Deshalb war es nicht leicht, mich für den Umzug zu entscheiden. Aber die Angst, das zu wiederholen, was wir während des Krieges erlebt hatten, hat uns zu diesem Schritt bewogen. Ich habe es nie bereut. Wenn ich dort geblieben wäre, wäre ich schon lange tot.

Stellen Sie sich vor, man will einen Film über Ihr Leben drehen. Wer würde die Hauptrolle bekommen?

Ich würde die Rollen so verteilen: Mein jüngster Enkel könnte mich als Kind spielen und mein ältester als junger Mann.

Epochale Ereignisse des 20. Jahrhunderts, erlebt von Ihnen

Der 9. Mai 1945. Ich war 9 Jahre alt, und um die Wahrheit zu sagen, verstand ich nicht alles. Ich erinnere mich an Menschen, die sich in der Schule versammelten, sich umarmten und lachten. Jemand sprach und versprach, dass die Männer bald zurückkommen werden und dass das Leben bald einfacher sein wird. Aber das war mir egal. Ich wartete darauf, zu essen. Mein Magen verlangte danach und so schenkte ich den Gesprächen wenig Aufmerksamkeit. Der Tag, an dem mein Vater zurückkehrte, brachte mir mehr Freude. Es war ein Feiertag!

Der Afghanistankrieg. Ich war 43 Jahre alt. Aus den Zeitungen und dem Radio erfuhr man, dass die afghanische Regierung um Hilfe gebeten hatte und dass die Union ein "begrenztes Truppenkontingent" zur Unterstützung entsandt. Von Kämpfen war nicht die Rede. Erst als die Särge mit den Toten eintrafen, wurde klar, dass dort ein Krieg im Gange war. Alles wurde sorgfältig verheimlicht. Die Särge durften nicht geöffnet werden, es wurde streng überwacht. Nur über die Erfolge unserer Jungs wurde berichtet.

Wann habe ich zum ersten Mal einen Stummfilm gesehen?

Das erste Mal, dass ich einen Film gesehen hatte, war am Ende des Krieges. Es war ein Stummfilm gewesen. Später, als er synchronisiert wurde, das war schon in den 50er Jahren, hatte ich die Gelegenheit, ihn noch einmal zu sehen. Er hieß „Sieben tapferen Männer". Ich erinnere mich nicht mehr an viel aus dem Stummfilm. Vieles habe ich damals nicht verstanden. Bilder flimmerten an der Wand, manchmal lustig, manchmal gruselig. Aber ich verstand nichts.

Epochale Ereignisse des 20. Jahrhunderts

Der Tod Stalins. Ich war in meinem 17ten Jahr. Wenn ich zurückblicke, denke ich oft darüber nach, wie es dazu kommen konnte, dass der Tod Stalins in der Schule so viele Tränen verursachte, und zwar nicht nur bei den Schülern. Es waren ja nicht nur die Mädchen, die weinten, sondern auch die Jungen. Es waren auch die Lehrer, die weinten. Und wenn wir diese Zeit nicht berücksichtigen, werden wir diese Generation von Menschen, die in der Ära Stalins aufgewachsen sind und gelebt hatten, nie verstehen. Es gab keine berühmtere, autoritäre Person im Lande. Er war der Führer. Oden und Lieder wurden über ihn geschrieben. Stalins Lehren galten als wahr und durften nicht in Frage gestellt werden. Aus heutiger Sicht betrachtet man die einzelnen Persönlichkeiten um Stalin herum mit ganz anderen Augen. Und dann alle Errungenschaften, alle Erfolge und sogar der Sieg - alles wurde ihm zugeschrieben. Es hat lange gedauert, all das wirklich zu begreifen.

Kann ich mich an mein schlechtes Verhalten als Kind erinnern? Was war die Strafe?

Ich muss sagen, dass meine Mutter uns nicht verwöhnt hatte

und oft einen Gürtel benutzte. Mutter glaubte uns nicht, wenn sich jemand über uns beschwert hatte, dann war es unsere Schuld. Mutter konnte uns nicht nur mit einem Gürtel bestrafen, sondern auch mit Arbeit. Drei oder vier Beete mit Kartoffeln jäten, zusätzlich zur vorherigen Aufgabe. Jetzt, wo man selbst Urgroßvater ist, versteht man ihr Verhalten gegenüber uns Kindern. Wie grausam die Zeit war. Ich glaube nicht, dass es ihr Spaß machte, uns zu bestrafen. Ich sah, wie besorgt sie war, und ich bin überzeugt, dass sie es nachts bereute und den Allmächtigen um Vergebung bat. Das sind die Jahre der Kindheit.

Die Jugend. Ich war 17 Jahre alt. Ich war berufstätig. Eines Tages ging ich nach der Arbeit, nachdem ich zu Abend gegessen hatte, nach draußen, wo die Jungs auf mich warteten. Sie rauchten. Meine Mutter kam raus, um die Mist rauszubringen, und sah mich rauchen. Sie wusste genau, dass ich rauchte, und kaufte mir sogar selbst Mahorka. Aber etwas gefiel ihr an diesem Abend nicht und sie bat mich, nach Hause zu kommen, und zu Hause beschloss sie, mich zu bestrafen. Zu diesem Zweck hatte sie ein Stück Keilriemen an der Wand hängen. Ich riss ihr den Riemen aus der Hand und warf diesen in den Ofen. "Du wirst mich nie wieder schlagen", sagte ich zu ihr und das Thema war damit beendet. Aber meine Mutter sprach lange Zeit nicht mehr mit mir.

Ein epochales Ereignis des 20. Jahrhunderts

Ich war 64 Jahre alt. Ende des Jahrhunderts. Sieben Jahre waren wir jetzt in Deutschland. Es war schwer, sich daran zu gewöhnen. Die D-Mark wich der neuen europäischen Währung.

Nichts Neues in meinem persönlichen Leben. Sechs Monate im Krankenhaus. Gerade so, aber ich habe es überstanden.

Die Kuba Krise.

Ich war 26 Jahre alt. Um die Wahrheit über den von Chruschtschow ausgelösten Weltskandal zu sagen, habe ich anfangs nicht viel davon mitbekommen. Ich hatte Wichtigeres zu tun. Aber der Skandal um Kuba wurde immer größer. Alle Informationen, die wir aus Zeitungen, Radio und Fernsehen erhielten, waren verzerrt. Amerika wurde für alles verantwortlich gemacht. Chruschtschow tanzte vor Freude. Jetzt würden die Raketen aus Kuba Amerika im Handumdrehen erfassen. Politische Kolumnisten aller Zeitungen erstickten vor Freude über unsere Partei, über ihre Politik. Sie hatten die Welt an den Rand der Zerstörung gebracht. Wir, die einfachen Leute, haben das erst viel später erkannt. Schließlich erhielten wir nur die Informationen, die der Regierung passten. Und wir haben der Regierung immer "vertraut". Aber als die Vernunft über den Wahnsinn gesiegt hatte, atmeten die Menschen auf. Und mein großer Wunsch ist, dass so etwas nie wieder passiert.

Wovor hatte ich als Kind, als Jugendlicher, als Erwachsener und jetzt am meisten Angst?

Ich erinnere mich, dass ich als Kind Angst vor einer Feder hatte Es konnte eine Gänse- oder Hühnerfeder sein. Es war einfach, mich im Zimmer zu halten. Meine Mutter legte eine Feder auf die Türschwelle, und ich wagte nicht, die Schwelle zu überschreiten.

Als ich jung war, vermied ich die Begegnung mit Gordyi (*Stolz*). Gordyi war ein Stier. Weiß, flauschig, groß und stark. Als ich ihn zum ersten Mal traf, war er ein sehr anhänglicher Bulle, wie ein Hund. Er mochte es, wenn man ihn hinter den Ohren und am Hals kraulte. Vielleicht wäre unsere Freundschaft auch so geblieben, wenn ich seine "Pläne" nicht durchkreuzt hätte. Die Kuh musste gemolken werden und er hatte andere Absichten. Ich habe ihn verletzt. Ich schlug ihn. Das konnte er mir nicht verzeihen. Er hat überall nach mir gesucht. Sobald ich von meinem Pferd abstieg, kam er mit gesenktem Kopf auf mich zu gerannt. Genau davor hatte ich Angst.

Wenn man älter ist, ist es eine andere Art von Angst. Es ist die Angst um die Kinder, die Angst um ihre Zukunft. Angst gab es nach der Nierenoperation. Und dann, nach dem Zusammenbruch der Sowjetunion, gab es die Bedrohung, dass alles Schlechte wieder passieren könnte. Alles, was wir schon einmal erlebt hatten. Diese Angst zwang uns zu gehen. Und jetzt habe ich nur noch vor einer Sache Angst - bettlägerig zu sein - abhängig zu sein.

Wovon haben meine zukünftige Frau und ich geträumt, bevor wir geheiratet haben?

Die kurze Antwort auf diese Frage ist, meinen Platz im Leben zu finden.

Was würde ich anders machen, wenn ich eine zweite Chance hätte?

Die Welt hat sich sehr verändert. Die Menschen haben sich verändert. Von diesem Standpunkt aus würde ich einige Änderungen in meinem Leben und im Leben meiner Familie vornehmen. Zuallererst würde ich versuchen, eine gute Ausbildung zu machen. Eine gute Spezialisierung zu haben. Meinen Kindern eine Ausbildung zu ermöglichen. Und wovon ich immer geträumt habe, ist ein großes, gemütliches und eigenes Haus.

Mein erstes Enkelkind

Natascha und Fjodor kamen aus Moskau zurück. Und ich erfuhr, dass Natascha schwanger war. Ich kann nicht sagen, dass ich vor Freude tanzte. Ich musste mich erst an den Gedanken gewöhnen. Und es war schwer, sich vorzustellen, dass man Großvater wird. Ich fühlte mich erst wie ein Großvater, als ich meinen Enkel das erste Mal in den Armen hielt. Aber es war nicht das gleiche Gefühl, das ich später hatte, als mein Enkel mich Großvater nannte.

Erzählen Sie mir ein oder zwei lustige Geschichten über Ihre Kinder.

Zuerst eine nicht ganz so lustige Geschichte, an die ich mich für den Rest meines Lebens erinnern werde. Und wenn ich mich daran erinnere, bekomme ich immer noch Gänsehaut. Wir waren mit der ganzen Familie im Altai, im Haus meines Vaters im Dorf Markovka, wo mein Vater in einer Schule arbeitete. Natascha und Ira spielten draußen, es war ein heißer Sommertag. Doch plötzlich wehte ein Windstoß herein und wirbelte den Staub von der Straße auf, was auch als Staubsturm bezeichnet wurde. Und der Staub gelangte in Iras Auge. Alle Versuche, der Tochter aus eigener Kraft zu helfen, blieben erfolglos. Wir mussten nach Slavgorod fahren. Das ist ziemlich schwierig, denn der Bus fährt nicht so oft, wie wir es gerne hätten. Außerdem tat Iras Auge weh und meine Frau und ich hatten Angst um sie, waren nervös. Und dann waren wir beim Arzt. Sie hatte sich bereits ein Sandkorn fest ins Auge gerieben, das sich nicht mehr auswaschen ließ, also musste es mit einer Nadel entfernt werden. Da Ira große Angst vor der Nadel hatte und sich mit Händen und Füßen wehrte, musste sie in ein Laken gewickelt werden, damit sie ihre Hände und Füße nicht bewegen konnte. Der Kopf wurde von der Krankenschwester gehalten und der Körper von mir und der Mutter. Ihre Schreie, ihr Flehen höre ich noch immer. Wenn man eine Nadel vor dem Augen sieht, bekommt man als Erwachsener eine Gänsehaut, wie ist es dann für ein Kind! Sie schrie: "Tantchen, Tantchen, reiß mir nicht das Auge aus!" Während ich diese Zeilen schreibe, weine ich. Diesen Schrei werde ich nie vergessen.

Natürlich gab es auch andere lustige und amüsante Geschichten. Eine davon werde ich versuchen zu erzählen.

Sommer, ich kam von der Arbeit, und bei dem Treffen lief Tochter Ira, so glücklich, aufgeregt. Ich nahm sie in den Arm und fragte sie: "Was ist passiert?" Sie rang nach Worten. Ich versuchte, sie zu verstehen. Was konnte passiert sein, dass sie so aufgeregt war? "Papi", sagt sie, "die Katze hat Kätzchen ausgekotzt. "Ich habe gesehen, wie sie Kätzchen ausgekotzt hat". Ausgekotzt, nicht geboren, waren ihre Worte. Ich hatte sogar Angst zu fragen, was sie gesehen hat, den genauen Vorgang...

Ich hätte dem Kind nicht erklären können, was da vor sich gegangen war. Dann sagte sie mir, dass ein Kätzchen aus ihrem Mund gekommen ist. Wahrscheinlich hat die Katze das Kätzchen abgeleckt und sie hat eben das gesehen. Das hat mich gerettet, ich brauchte nicht nach Worten zu suchen, um es zu erklären, und ich stimmte mit meiner Tochter darin überein, dass Kätzchen durch den Mund gebären, und vor allem die Katzen anderer Leute. Diese Katze war die Katze eines Nachbarn.

Natascha hatte mich auch einmal in Verlegenheit gebracht. Sie musste einen Aufsatz zum Thema "Wie verbringst du deine Zeit nach der Schule und wie hilfst du deinen Eltern zu Hause" schreiben. So schrieb sie, dass sie nach den Mahlzeiten das Geschirr abwäscht, Hausaufgaben macht und spielt. Und abends, vor dem Schlafengehen, kratzt sie ihrem Papa den Rücken. Das wurde beim Elternabend vorgelesen. Gut, dass sie ihren Nachnamen nicht genannt haben. Aber bei dem Treffen war die Mutter anwesend und die hat natürlich sofort verstanden, um wen es ging, und so musste sich Papa von Mama eine Menge "schmeichelhafter" Worte in einem langen Monolog anhören. Mal ehrlich, warum soll ich es verheimlichen? Ich liebe es immer noch, wenn mir jemand den Rücken kratzt.

Ach ja, und noch etwas!

Was mit meiner Großmutter während des Krieges geschah, wo sie starb und wo sie begraben ist, ist unbekannt. Wie ich aus einer anderen Quelle (ihrer Tochter - meiner Tante) erfahren musste, wurden sie in einem großen Dorf getrennt, und da weder meine Großmutter noch meine Tante Russisch sprachen, konnte meine Tante das Dorf nicht nennen. Wahrscheinlich war es irgendeine Bezirkskreisstadt. Meine Tante wurde in ein Holzfällerlager geschickt und hat nie wieder etwas von meiner Mutter gehört. Meine Tante erzählte meiner Mutter und meiner Schwester, wie meine Großmutter dem Auto hinterherlief, das ihre Töchter wegbringen wollte. Wie sie auf die Straße fiel. Großvater wurde ein wenig früher mitgenommen. Wie er starb, ist unbekannt. Eine Zeit lang war er im Gefängnis von Slavgorod. Er war Gärtner in einer Kolchose gewesen. Er hatte mich einige Male mitgenommen. Daran erinnere ich mich noch. Ich verstehe nicht, warum sie ihn mitgenommen haben. Was hätte er schon anrichten können? Immer geackert, Vater einer großen Familie. Ich werde wohl nie erfahren, wo ihre Gebeine liegen...

GEDICHTFORM

75, ist das wenig oder viel?
Es kommt drauf an, was man selbst will
Oder mehr noch: was man kann
Wenn Stehen schwer fällt und alsdann
Der Schlaf dich nicht heimsuchen mag
Bist nicht mehr jung an diesem Tag

Vor mir ein Glas mit reichlich Fragen
75, ums genau zu sagen
Eine Frage für ein Jahr
Wie mein Leben also war
Ich werde schreiben, wie sie kommen
Wie ich sie hab dem Glas entnommen

An welchem Ort würde ich gerne leben?

Auf dem Lande, fern der Stadt
Wo jeder eigne Erde hat
Diese liebe ich zu graben
Und viele Tiere mag ich haben

Freunde aus der Kindheit - wie hießen sie und was haben sie gespielt?

Im Dorf sich alle Deutsche nannten
Weswegen wir kein Russisch kannten
Gespielt mit Brüdern nur und Schwester
Der Krieg vorbei, doch Armut fester

Der Hunger hatte uns in Griff
Ein jedes Kind nach Essen rief
Wir aßen, was wir konnten finden
Nicht selten Ekel überwinden

Im Herbst der Vater wurd versetzt
Ein großes russisch Dörflein jetzt
Russisch lernen, heißt es nun
Was würd ich ohne Anna V. S. tun?

Freunde habe ich gefunden
Wir spielten was es ging an Stunden
Denn vor dem Spielen kam die Pflicht
Wer die nicht tat, der spielte nicht

Da hieß es Jäten, Graben, Gießen
Und Wasser holen darfs nicht missen
Das Feuerholz, der Winter naht
Da freut ein jedes, das man hat

Wir spielten Fangen, Lapta und Verstecken
Fußball war uns damals fern
Kaninchen, Tauben und wir Recken
Ins Kino gingen wir sehr gern

Epochale Ereignisse des 20. Jahrhunderts

Der erste Mensch im fernen All
Wär das Ereignis meiner Wahl
Mit 15 Jahren, oft geschehen
Musste ich Brot holen gehen

Der Laden mit der Nummer 10
Nach 3 km erst war zu sehen
Ich wär zur Pause dort gewesen
So konnte ich beim Laufen Lesen

In der Zeitschrift stand gedruckt
Der Traum vom All sei näher gerückt
Ich dacht, vielleicht in 50ig Jahren
Darüber mehr ich würd erfahren

Zehn Jahre später, glaub es kaum
Erfüllt sich ganzer Menschheit Traum
Yuri Gagarin fliegt ins All
Das Volk, es feiert ihn total

Welche gesetzten Ziele im Leben wurden erreicht und welche haben sich nie erfüllt?

Ein Ziel nur gab es: etwas Essen
Der größte Traum, ein Stückchen Brot
Du bist vor Hunger wie besessen
Hunger war die größte Not

In der Klasse vier und fünf
Schien es, der Rektor sei mein Trumpf
In Kolya Kovalev und mir
Er hörte des Gesanges Zier

Ein passend Lehrer ward gefunden
Der gab uns im Gesang zwei Stunden
Doch dann war schon der Traum vorbei
Denn Vater Staat kam schnell herbei

Dem Rektor wurde klar erklärt
Dass er gerade falsch verfährt
Die Mittel wurden ihm genommen
Für die Musik kein Geld wird kommen

Wie war mein erster Arbeitstag?

Wenn ich mich heute selber frag
So war der erste Arbeitstag
Einfach die Hölle auf Erden
So sollt die ganze Woche werden

Aus der Stadt in ein Sowhoz
Dort gab es Arbeit, war was los
Die Schweineställe riesengroß
Die Mühle mehr als ein Geschoss

Mein Bruder und ich zu zweit
Beide keine Elle breit
Der Hunger hatte uns im Griff
Der Magen stets nach Essen rief

Säcke füllen, Säcke leeren
Letzte Kraft dafür entbehren
Vom ersten Stock, die Treppe rauf
Verletzung nahmen wir in Kauf

Und nach der Woche, jedem klar
Das keiner von uns fähig war
Dieser Arbeit nachzukommen
Die Muskelkraft war uns genommen

Was war mein Lieblingsspielzeug?

Ein Spielzeug war mir nicht bekannt
Bei Tieren ich die Freude fand:
Kaninchen, Tauben und ein Hund
Bei ihnen jede freie Stund

Doch ich erzähl euch was zum Lachen
Was Ziegen manchmal gerne machen
Unsre Ziege, beste Milch!
Und noch bessre Tritte, sage ich

Wenn ich mich mal bückte
Sie mich mit Tritt beglückte
Auch liebte sie ein gutes Gras
Natürlich pflückte ich ihr das

Doch wächst das Molochai in Gräben
Schwer zu ernten, schwer zu heben
Ich sah vor mir ein tiefes Loch
Geduckt auf allen Vieren kroch

Plötzlich krieg ich einen Tritt
Und fliege zwei, vielleicht drei Schritt
Genau in dieses Loch
Komm nicht raus und schaue hoch

Die Ziege lief nach einer Pause
Unbekümmert selbst nach Hause
Ich aber kam nicht bis zum Rand
Am Abend mich mein Vater fand

Welche meiner Eigenschaften möchte ich an meine Enkel und Urenkel weitergeben?

Wer tüchtig ist, der kennt auch Fleiß
Ich hoff, mein jeder Enkel weiß
Wenn er schätzt Arbeitsamkeit
Für all Probleme er gefeit

Wie war der erste Schultag für mich?
Was waren meine Gedanken an diesem Tag?

Unsre Schule, ganz aus Holz
In Reih und Glied wir standen stolz
Ein Schüler aus der siebten Klasse
Betreute diese Masse

Doch dieser Tag besonders war
Das wurde uns allmählich klar
Alle Blicke gen Veranda
Und was denkt ihr, ja, wer kam da?

In eines Oberst Uniform
Die Ordensanzahl war enorm
Die Stifel glänzten in der Sonne
Der Anblick für uns eine Wonne

Des Krieges Helden waren zurück
Und für uns das große Glück
Denn dieser Mann in seiner Pracht
Als unser Rektor war gedacht

Erzählen Sie mir, wie Sie mit dem Rauchen angefangen haben?

Im Frühling, wenn die Welt erwacht
Für uns die Prüfungszeit gedacht
Die ganzen Jungs in meiner Klasse
Beim Rauchen waren alle Asse

Der weiße Rabe, einzig ich
Hielt von dem Stengel nicht so viel
Doch keiner lachte über mich
Es musste keiner, der nicht will

In einem kleinen Pappelwald
Der gute Tabak lag versteckt
In jeder Pause dort der Halt
Denn die Sucht war schon geweckt

Einige bereits erwachsen
Machten nur noch Faxen
Für sie die Schule ein Versteck
Die Einberufung schon ums Eck

Medwedew hieß er, meine ich
Durfte schon ins Kino gehen
Verbarg in seinem Mantel mich
So hatte keiner mich gesehen

Nach der Prüfung dann im Garten
Wollten alle wir was starten
Sie plötzlich über mich gelacht
Weil ich noch nie nen Zug gemacht

„Zehn Rubel, die gehören dir
Wenn einen Zug nimmst jetzt und hier
Ohne Husten ohne Qualen."
Das schien mir ehrlich zu gefallen

So viel Geld hatt ich gewonnen
Damit das Rauchen auch begonnen
Dass das ein großer Fehler war
Mir als Erwachsener wurde klar

Es ist schwer und raubt viel Kraft
Doch ich habe es geschafft
Die Entwöhnung hart und schwer
Doch ich rauche jetzt nicht mehr

Was habe ich als Kind am liebsten gegessen?

Was war für mich ne Leckerei?
Ein Stückchen Brot, und erst ein Ei!
Die gebackene Kartoffel
Haute mich aus der Pantoffel

Eine Karotte, dicker als ein Finger
Welch ein Genuss die langen Dinger
Wer Hunger spürt, der braucht nicht mehr
Was essbar ist, schmeckt einem sehr

Nach Stalins Tod, Bulganin dran
Malenkow kam schnell für ihn dann
Die Agrarsteuer abgeschafft
Das schon gab den Menschen Kraft

Nikita Chruschtschow dann im Amt
Sich der Gefangenen erbarmt
Nach drei Jahren Haft
Hatte es mein Vater geschafft

Wir hatten uns keine Hoffnung gemacht
In seinem Urteil stand die Acht
Doch schon nach drei Jahren
Durfte er nach Hause fahren

Die Freud darüber grenzenlos
Und nicht nur eine Träne floss
Frühling stand schon vor der Tür
Traktoren befuhren jede Flur

Tag und Nacht brummten Motoren
Die Wälder wurden kahl geschoren
Natur dem Acker musste weichen
Essen sollte endlich reichen

In nur drei bis vier Jahren
Bereits die Pläne fertig waren
Millionen Pfund jungfräulich Brot
Vorbei war nun des Hungers Not

Doch eines wurde nicht bedacht
Zu viele Fehler da gemacht
Den Feldern ohne Waldes Schutz
Verflog der Humus ohne Nutz

Geschlossen als Familienclan
Nach Toptschicha zogen wir dann
Mein Vater, nicht als Lehrer weiter
Nun Maurer, ich sein Hilfsarbeiter

Mit 12 Ziegel auf dem Rücken
Stieg ich die Leitern hinauf
Am Abend kannst dich nicht mehr bücken
Trotzdem jung und auch gut drauf

Im Jahre ´55 dann
Diente auch der Deutsche Mann
Ich aber für den Dienst zu dürr
Und schämte mich immens dafür

Die Schwester findet einen Gatten
Wir aber mussten weiter starten
Hier gab es keine Arbeit mehr
Kein Geld bedeutet, Magen leer

Wir entschieden uns: Altai
Am Anfang waren der Brüder drei:
Wolodja, Schura und auch ich
Nicht gern erinnere ich mich

Erneut wir finden Arbeit dort
Als Hirten dienen wir dem Ort
Mir ist die Arbeit gut vertraut
Hab ich doch Kuhstall schon gebaut

Einen Hof mit Tieren hatten wir
Ne Kuh, ein Ferkel, Federvieh
Gut ging es uns allmählich hier
Doch kam es anders und zwar wie

Das Herzproblem, welch angeboren
Den Tod für Schura auserkoren
Die Mutter spürte nur noch Frust
Es nahm ihr Ihre Lebenslust

Stundenlang am Sohnes Grab
Ich sitzen sie gesehen hab
Erneut entschied Familienrat
Erneut zu gehen beschlossen hat

Wladimir bereits liiert
Seiner Frau der Bauch schon groß
Erneut zu fünft und nicht zu viert
Ziehen wir gemeinsam alle los

Das Ziel, die Schwester meiner Mutter
Was Vater kann, erneut das tut er
An der Schule lehrt er nun
Auch ich hab wieder was zu tun

Im Nachbardorf zur Schule gehen
Von Landmaschinen mehr verstehen
Dort teilte ich die Unterkunft
Vier junge Männer mit Vernunft

Mein Vater kam mal zu Besuch
Und ich erinnre mich an den Geruch
Vom guten Schmalz und frischem Brot
Das Essen Vater gab sofort

Doch nicht nur Essen gab es da
Ein Fräulein mit bezaubernd Haar
Kam schüchtern uns entgegen
Ich war sprachlos, ganz verlegen

Am Abend fragte ich sie dann
Ob sie mit mir ins Kino kann
Sie sagte ohne Zögern ja
Mit 18 sie mein Eheweib war

Nach der Lehre, im Sowhoz
Beruflich ist da stets was los
Ich mäh im Drescher das Feld
Frau als Milchmaid holt das Geld

Dann gibt sie mir die frohe Kund
Der Bauch von Walja wird schon rund
Bis zur Klinik ist es weit
Der Winter hart, die Welt verschneit

Mit Scham erfüllt es mich noch immer
Und ich verzeihe es mir nimmer
Dass ich konnt nicht bei Walja sein
Als erster hörn Natascha schreien

Heute schwer das zu verstehen
Ihr solltet unser Heim dort sehen:
Ein kleines Zimmer, nichts zum Heizen
Der Wind auch hier wollte nicht geizen

Das Kind zu baden, ohne Feuer
Kein Brennholz gab es, gern auch teuer
Versprochen mir ein Eigenheim
Davon konnt keine Rede sein

Deswegen gab es nen Skandal
Uns blieb dann nur noch eine Wahl
Zur Schwiegermutter zogen wir
Doch blieben nicht zu lange hier

1959 dann
Zogen wir nach Kasachstan
Das neue Heim war nicht so traut
Im Krieg als Erdhaus wurd gebaut

Der Vorteil war, es war sehr warm
Man könnte sagen, wir waren arm
Selbst großer Baum wächst aus klein Keim
Wir sparten, Ziel: ESin Eigenheim

Doch hier war schon auch das Problem
Auf das ich heute nicht mehr käm:
Mit Bauen kannte ich mich aus
Doch ohne Holz gab es kein Haus

Unsre Tiere, die wir hatten
Verwandeln wollten wir in Latten
Die Gänse, Enten, Kuh und Schwein
Das Glück zum Häuschen sollten sein

Doch kam auch hier der Vater Staat
Erneut er was beschlossen hatt´
Das lokale Komitee
Hielt Enteignung für ok

Die Kuh, die wir verkaufen wollten
Sich unerlaubt Beamte holten
Nur etwas zu warten wir baten
Damit wir das Kalb dann noch hatten

Sie kamen in unseren Hof
Verlangten die trächtige Färse schroff
Wir baten erneut, etwas zu warten
Doch schlecht waren unsere Karten

Der Hirte hier von nebenan
Erzählte uns die Tage dann
Dass mitten auf der Straße dort
Sie nahmen unsere Färse fort

Und ehrlich, wer macht solchen Scheiß:
Ein schwangeres Tier direkt zu Fleisch?
Frau und ich, wir waren schockiert
Warum ist uns sowas passiert?

91 Rubel gab es als Ersatz
Als wäre das ein großer Schatz
Auf dem Markt den dreifach Preis
Hätt ich bekommen ohne Fleiß

Die Schuld sie gaben mir allein
Schuld für das Bestohlenwordensein
Seit dem ein Groll in meinem Herzen
Der nicht aufhören will zu schmerzen

Der Winter nahte schnell herbei
Doch Feuerholz noch keinerlei
Erneut der Plan, das Vieh verkaufen
Es sollte wieder anders laufen

Erneut entschied ein Idiot
Zwei Schweine haben tut nicht Not
Wir wussten, dass sie kämen
Um uns ein Schwein zu nehmen

Sie kamen mit dem Auto vorbei
Selbst die Miliz war mit dabei
Wir lehnten ab, wir sagten nein
Das Schwein gehörte uns allein

Zum Dorfrat holten sie mich dann
Dort sagten sie, welch guter Mann
Und welch ein toller Spezialist
Meine Wenigkeit doch ist

Sie wollten mich verwirren
Mir Honig ums Maul schmieren
Ich solle Heim, es überdenken
Und Ihnen unser Schwein doch schenken

Vaters Rat war: Schwein verkaufen
Eine wirklich gute Wahl
Doch sollte es noch schlechter laufen
Es gab im Dorf einen Skandal

Von unserem Kolchos
Wurde ich sofort entlassen
Ich war der Sprache los,
Konnte es nicht fassen

Egerovka, dir kehrten wir
Daraufhin den Rücken
Im Innern dacht ich mir
Sucht andere zum Bücken

Im Jahre 61, erneut heißt es Altai
Wo meine Eltern wohnten
Und Schwester, mit dabei
Im Arm die Kinder thronten

Ein Traktor mein Gefährt
Mit dem ich ernte Heu
Der Umzug war es wert
Die Arbeit mir nicht neu

Unser gesamter Haushalt
Auf Waljas Schultern nun
Ob Füttern, Melken, Tränken
Es gab sehr viel zu tun

Zu füttern ganzes Vieh
Bedurfte reichlich Korn
Es reichte freilich nie
Idee ward da geborn:

Die Ernte voll im Gange
Und mir kam der Gedanke:
Ich kam dabei ins Schwitzen
Korn wollten wir stibitzen

Im Schutz der Nacht aktiv
Zwei Sack im Lager füllen
Als jemand leise rief
Und jemand war am W"ühlen

Auf Pferden waren zwei Mann
Sie kamen näher dann
Ich beide gleich erkannte
Es waren fern Verwandte

Kurz bevor er mich sah
Fragte ich frei heraus:
„Was suchen wir denn Petro?"
Er nahm sofort Reißaus

Wir holten ihn zu uns zurück
Das Diebesgut wir teilten
Jedem jeweils gutes Stück
Dann schnell von dannen eilten

Im Herbst, dem Wetter sei „Dank"
Wurde ich so richtig krank
Die Wirbelsäule war betroffen
Auf schnelle Genesung war nicht zu hoffen

Ich war noch keine 30ig Jahr
Und fragte mich, was jetzt wohl war
Als Wächter war der Lohn zu klein
Die Kinder wolln nicht hungrig sein

Beim Besuch in Kasachstan
Die Schwester nur war mit mir dort
Der Bruder wohnte in Schakhan
Was ich da sah an diesem Ort:

Ein Fernseher stand in seiner Wohnung
Ein Klo gehörte da zur Ordnung
Es war nicht draußen, sondern drinnen
Sind die Städtler den von Sinnen?

Ich hatte das noch nie gesehen
Wie sollte ich hier Pinkeln gehen?
Mitten in der Wohneinheit
War ich zum Großgehen nicht bereit

Mir hatte es hier gut gefallen
Konnte ich mir doch ausmalen
Wie gut es hier für uns sein kann
Also zurück nach Kasachstan

So zogen wir mal wieder weg
Mit zwei Kindern im Gepäck
Zuerst beim Bruder, dann Baracke
Doch diese war, ganz ehrlich, kacke

Gegen Horden von Bettwanzen
Hat man nicht die kleinsten Chancen
Berufsnachfrage war recht groß
Ich zog erneut als Maurer los

Meine Frau war Heizerin
Es dampft und du stehst mittendrin
Das ist kein Job für eine Frau
Sie schulte um und ging zum Bau

So führte sie nun einen Kran
Besser noch als jeder Mann
Die Wohnung blieb für uns kein Traum
Doch unsre Kinder sahen wir kaum

Als Chruschtschow ging, tats mir nicht leid
Vorbei war einfach seine Zeit
Wie ich, so mancher hat gedacht
Zu viele Fehler er gemacht

Wie war mein Verhältnis zu meiner Schwiegermutter?

Es konnte schlicht nicht besser sein
Nie mischte sie sich bei uns ein

Was möchte ich in meinem Leben noch erreichen?

Die Enkel meiner Kinder
Und jedes Enkel mein
Würd ich noch gern erziehen
Aktiv Begleiter sein

Kann ich mich an meine Großeltern erinnern?

Die Oma, groß und kräftig
Allwissend schien zu sein
Der Opa war mehr schmächtig
Und im Vergleich eher klein

Wenn Kind mit Sorgen zu ihr kam
Sie immer Zeit für einen nahm
Sich auch unsre Not anhörte
Und stets fand die passend Worte

In der Kolchose Gärtnerei
Dort war ich manchmal mit dabei
Wenn reif die Beeren alle waren
Mit Opa Gendrich hingefahren

Opa Jascha kenn ich mehr
Er schuftete den Sommer schwer
War sehr ruhig von Natur
Doch groß und kräftig von Statur

Ein Selbstgebasteltes Geschirr
War nicht gedacht für irgend Tier
Er legte sich das selber an
Und zog damit den Karren dann

Ob für die Kühe Heu und Gras
Auch Brennholz oder allerlei
Mit seinem Karren holt er das
Wir saßen gerne mit dabei

Zwei Stiere hatte er besessen
Der eine stur und wollt sich messen
Darüber Opa war nicht froh
Schlug mit der Faust den Stier k.o.

Noch eine lange Zeit
Tat es ihm selber leid
Dass er dem Erzürner
Schlug zwischen die Hörner

Er hatte im Leben drei Frauen
Wie das Leben manchmal spielt
Der dritten konnte er vertrauen
Sein Kind erziehen, war sie gewillt

Denn als Vater ward geboren
Der Tod die Mutter auserkoren
Zur Mutter wurde dritte Frau
Erzählte Vater mir genau

Sarah, andre Oma war
Traurig, was mit ihr geschah
Ihr Haar war eine lang Pracht
Zu Nutze Teufel sich gemacht

Mit eignem Haar an Baum gebunden
So hat sie ihren Tod gefunden
Wir alle haben sie vermisst
Keiner weiß, wo ihr Grab ist

Glaubst du an Gott?

Ich glaube an einen Schöpfer.

Der stärkste emotionale Schock in meiner Kindheit.

Der Tag, an dem sie kamen
Uns unsren Vater nahmen
Ihn ins Gefängnis setzten
Und uns damit verletzten

Als Stalin nicht mehr war
War vieles nicht mehr klar
Die Welt schien still zu stehen
Heut schwer ist zu verstehen

Wie habe ich meine Frau kennengelernt?

Das hab ich oben schon geschrieben
Es ist bis heute so geblieben

Mein Lieblingssänger oder meine Lieblingssängerin

Ich gebe ABBA ersten Rang
Doch auch den andren gebührt Dank:
Roberto Loreti, Anna German,
Sofia Rotaru und Ruslanova alsdann

Welchen Beruf würde ich meinen Enkelkindern empfehlen?

Welchen Beruf sie auch wählen
Er darf sie nicht quälen
Freude sollen er machen
Damit sie stets nur lachen

Ich erzähle euch eine Geschichte
Euch vom Anfang mit Walja berichte
Im ukrainischen Sowhoz
Mein Mähdrescher, welch ein Geschoss

Ein C4M, die Neuheit pur
Stets nur bei der Reparatur
Die Ernte war Jahrhundert wert
Doch dieses Teil kein Meter fährt

Wir wohnten bei ´nem älteren Paar
Das uns sehr gewogen war
Doch die Ernte kann nicht warten
Tag und Nacht ins Feld wir starten

Geschlafen habe ich drei vier Stunden
Schon drehte wieder meine Runden
Oder war am Reparieren
Was Drescher musste stets passieren

Zu Hause selbst nicht in der Nacht
Im Sammler diese ich verbracht
Und das nicht Tage, ein und zwei
Wochen gingen so vorbei!

Und nach der Ernte neues Feld
Bis 2 Uhr nachts wir uns gequält
Eine Woche, nie zu Hause
Ich brauchte wirklich eine Pause

Nur ein paar Stunden, echtes Bett
Das wäre wirklich sehr nett
Frau war im Hause nicht zu sehen
Entschied zur Mutter sie zu gehen

Die technisch Nacharbeit getan
Und ab ins Bettchen huschte dann
Sofort am Schlafen, gleich ein Traum
Was ich da träumte, glaubt ihr kaum:

Zu sichern den Drescher, meint ich vergessen
Dort der Besitzer aber gewesen
Das Schneidwerk sinkt von selber ein
Da wo sein Bein nicht sollte sein

Das Bein wird es ihm amputieren
Sollte jetzt eilig nicht passieren
Es gibt nur eine Möglichkeit
Er muss da raus, in kurzer Zeit

So kriech ich unter das Konstrukt
Ihn raus zu holen mich geduckt
Da quetscht das Schneidwerk mich fest ein
Es schien mir so real zu sein

Doch bin ich unters Bett gestiegen
Mit Rücken schien es zu verbiegen
Die alte Frau, versucht zu wecken
Ich schrie und schien sie zu erschrecken

Endlich erwacht in unsre Welt
Mein Rücken lange mich gequält
Wenn wenig Schlaf, so was passiert
In Albtraum man sich schnell verirrt

Mein Lieblingsschauspieler

Hier sind, auf die ich mich gern freu:
Schukschin, Nikulin, Bronevoi

Mein erster Eindruck eines Theaterbesuchs

Das erste Theater sah ich in Taschkent
Schauspiel war öde, falls jemand es kennt:
„Der Zigeunerbaron", Langweile pur
Doch schön des Baus Architektur

Die jüngste Enkelin: Wie war dieser Tag für mich?

Ein Mädchen wird es, wussten wir
Und das in Nachbarschaft bei mir
Sie bei jedem Schritt begleiten
Ich hätte gerne noch die Zeiten

Sie in den Kindergarten bringen
War eines von den vielen Dingen
Bei Lisa und bei Matti auch
Für uns schon fast ein kleiner Brauch

Mein erster Eindruck von einem Fernsehgerät

Den ersten Fernseher ich gesehen
Das ist beim Bruder einst geschehen
Für uns ein Wunder schien real
Es faszinierte mich total

Wir selber holten später einen
Jahr 65 möchte ich meinen
Wir nannten ihn dann „Jenissei"
Nur ein Programm, doch wars okay

Mein erster Verdienst

Als Hirte verdiente ich mein erstes Geld
Es hat meiner Mutter die Laune erhellt
Unsre Familie bekanntlich war groß
Dahin jeder Rubel der 504 floss

Wie war das erste gemeinsame Jahr nach der Hochzeit für uns?

Rosig kann ich es nicht nennen
Zu viele Probleme waren zu benennen
Fehlende Wohnung, kein Brennstoff gestellt
Und dann kam unsere Tochter zur Welt

Wir freuten uns über jedes Glück
Jedes noch so kleine Stück
Wenn das Kind was neues machte
Die Zukunft uns entgegen lachte

Mein Lieblingsgericht?

Wählerisch sind wir wahrlich nicht
Doch gibt es natürlich manch Gericht
Zu dem ich gerne mich gesell'
Und eigentlich alles, was aus Mehl

Als Koch ist Oma wahrlich gut
Egal was sie gerade tut:
Ob Knödel, Blintschiki und Strudel
Oder ihr Brot und Suppennudel

Wann habe ich mich das erste Mal hinter das Steuer eines Fahrzeugs gesetzt?

Jahr 56 erster Wagen
Ein DT 54 Traktor, kann ich sagen

Was bedauere ich am meisten?

Viel baute ich in meinem Leben
Doch eigen Hausbau nie gegeben
Noch immer zeichne ich im Traum
Große Küche, heller Raum

Wie habe ich mit dem Rauchen aufgehört?

Es ist ein hartes Unterfangen
Dieses Wollen und Verlangen
Langwierig ist dieser Prozess
Den Raucher sehen war schon viel Stress

Und trotz den vielen Hindernissen
Kann ich das Rauchfrei jetzt genießen
Es ist und bleibt nur eine Sucht
Ich hab´s geschafft, nicht nur versucht

Mein Lieblingsschriftsteller

Ich lese viel und lese gern
Nur einen nennen, liegt mir fern
Jules Verne, Dumas und auch der Cooper
Sie alle finde ich echt super

Bei den russischen Autoren
Will ich bei diesen nicht aufhören:
Schischkow, Rasputin, Pikul
Finde ich persönlich cool

Wie und wann habe ich mit dem Singen angefangen?

Genaues Datum nicht bekannt
Mein siebtes Jahr sei hier genannt
Auf der Treppe stehend im Gesang
Ein Lob der Nachbarin erklang

In Semjonowka erklangen Lieder überall
Auf der Treppe, einem Karren, ganz egal
Wenn irgendwo ein Lied erklang
Wer wollte, fiel mit ein in den Gesang

In der Schule die Lieder patriotisch
Auf den Feldern die Lieder oft chaotisch
Nur eine Balalaika war hier Instrument
Diese benutzen wir vehement

Mehr Worte darüber gibt es nicht zu verlieren
Ich erzähle euch lieber Geschichten von Tieren

Sommer 47, mein Vater reitet davon
Wohin und warum, wer wusste das schon
Am Abend, zur späten Stund
Kam er zurück, in der Hand einen Hund

Ganz weiß die Pfoten, alle vier
Er war der einzige Hund hier
Weißpot wurde er genannt
Jedem Dorfkind war bekannt

Im Jahr 48 kam Vater mit Tauben
Wir freuten uns sehr, das könnt ihr mir glauben
Der Schuppen voll mit Tauben nun
Doch Menschen taten, was sie tun:

Das Dach des Schuppens in der Nacht
Mit Gewalt wurd aufgemacht
Wir waren besorgt und weinten sehr
Hatten wir doch kein Täublein mehr

Dann brachte Vater Kaninchen herbei
Doch die waren für uns so allerlei
Konnten sich nicht mit den Tauben messen
Dafür umso mehr wurden gegessen

Der Hund war trotzdem unser Schatz
Bei der Familie war sein Platz
Bis er 52 wurde erschossen
Viele Tränen damals geflossen

Mein Lieblingsbuch

So viele gute Bücher gibt es auf der Welt
Welches mir davon am besten gefällt?
Früher las ich Rustavelis viel
Mir gefiel sein eigen Stil

Für Tolstois „Krieg und Frieden"
Konnte ich die Zeit nicht finden
Georgi Markov begann ich zu lesen
War lange Zeit mir am liebsten gewesen

Wie war mein Vater?

Ich versuch es in Worte zu fassen
Kornei Jakowlewitsch Klassen
Ein Mann, dem Schicksal nicht gewogen
Hat ihn nicht selten hart betrogen

Früh hat er Frau den Eid geschworen
Früh sie ihm auch ein Kind geboren
Sie starb, hat ihn verlassen
Mit kleinen Kind gelassen

Wie er Mutter kennengelernt
Blieb meinem Wissen doch entfernt
Für seinen Sohn, Yasha der Name
Zu allererst war sie die Amme

Zur zweiten Frau er sie gewählt
So wurden sie dann auch vermählt
Als Mascha auf der Welt dann war
War Yasha leider nicht mehr da

Ruhig, sich stets unter Kontrolle
Geschichtserzählung seine Rolle
Gedächtnis wie ein Elefant
Geliebt von Kindern und bekannt

Wir seine Kinder, unsre dann
Liebten alle diesen Mann
Er war parteilos Kommunist
Und meinte, dass es richtig ist

Wofür manch einer braucht zwei Leben
Das Schicksal ihm allein gegeben
Der Tod der Mutter, Frau und Kind
Auch an der Front war er geschwind

Dann kam die Deportation
Sibirien die Endstation
Die Arbeitslager für die Männer
Was da geschah, das weiß der Kenner

Er kam dazu, es mir zu sagen
Die Zähne ihm dort ausgeschlagen
Die eignen Leute zu verpfeifen
Das konnte er niemals begreifen

Doch seiner Linie war er treu
Einst war verärgert, das war neu
Er wünschte sich, er wär dabei
Das wollte keiner der Partei

Die Gründe vorgeschoben waren
Von seiner Haft sie wohl erfahren
Die Strafe längst aus dem Register
Unschuldig war er! Blieb er! Ist er!

Ich habe einen Goldfisch gefangen. Welche drei Wünsche würde ich mir erfüllen?

Gesundheit für den ganzen Clan
Vom jüngsten Kind bis alten Mann
Als nächstes bitte ich ihn dann
Berufserfolg für jedermann

Der dritte Wunsch, der wär für mich
Wie sehr davon träume ich
Dass Enkel oder Enkelin
Wär Sänger oder Sängerin

Was wollte ich als Kind werden?

Das ist wirklich schwer zu sagen
Ich dachte nicht an solchen Fragen
Im Dorf, da kannt´ man vieles nicht
Viel zu ländlich war die Sicht

Die Ernte, selbst am Tisch das Thema
So war das ländliche Dilemma:
Ein Agromon, Veterinär
Eins davon, wozu noch mehr?

Weit vorher habe ich geschrieben
Musik begann ich früh zu lieben
Wie es geschah, wisst ihr ja schon
Doch Singen brachte keinen Lohn

Meine erste Begegnung mit Alkohol

Jahr 54, Monat März
Die erste Wahl, erfeut mein Herz
Ein Freund und ich beschließen
Heut wird der Wodka fließen

Eine Flasche pro Mann
Zum Essen nichts dabei
Belomor muss halt ran
Und so tranken wir zwei

Zu den Melkfrauen wir rein
Dort floss reichlich der Wein
Mehr konnte ich nicht wissen
Der Film bei mir gerissen

Drei Tage kein Trinken und Essen
Drei Tage der Arbeit fern
Das werde ich niemals vergessen
Seit dem trank ich nie wieder gern

Mein größter Erfolg im Leben

Ich meine, beruflich gesehen
Können als Erfolge durchgehen:
Mechanik verstand ich im Nu
Beim Maurern lernt ich dazu

Doch kann es in meinem Leben
Keinen größeren Erfolg für mich geben
Als meine Kinder zu sehen
Wo sie denn heute stehen

Die Enkelkinder, alle tüchtig
Kein Versager, keiner süchtig
Was davon muss ich noch mehr haben
Als sich an deren Erfolg zu laben?

Kommen wir zum Abenteuer
Die ich beinah bezahlte teuer
Um genau zu sein mein Leben
Hätte ich zwei Mal fast gegeben

1955, der Bau neigt sich dem Ende
Beim Personalbedarf die Wende
Für Bauarbeiter kein Bedarf
Doch Trocknungsmeister sucht man scharf

Mich schickt man also auf den Kurs
Nach Kamen-na-Obi ich nun muss
Gewohnt bei unseren Bekannten
Ihr Sohn und ich uns gut verstanden

Mit ihm ging ich zur Ob, dem Fluss
Weil hier zu schwimmen ist ein Muss
Ab zur Insel und zurück
Für mich war das ein großes Stück

Hin die Strömung dein Freund
Zurück wird sie zum Feind
So ertrank ich fast und weil
Ich schwamm nicht besser als ein Beil

Wäre nicht der Freund gewesen
Hätt ich den Fischen vorgelesen
Er half und zog mich aus dem Nass
War nicht gerade größter Spaß

Mein Kindheitstraum

„Die Welt bereisen"
Was soll denn das wohl heißen?
Gemeint ist damit, betteln gehen
Den Mensch von andrer Seite sehen

Heute sind wir es gewohnt
Kühlschrank auf, dort Essen thront
Doch wenn nichts da ist, ja was dann
Naja, wenn nichts mehr geht, dann bettelt man

Für kleinste Kruste, voller Scham
Nicht jeder dir behilflich kam
Verspottet oder ein Tritt
Bekam man auch nicht selten mit

Jetzt leid ich keinen Hunger mehr
Doch heute noch, ich schäm mich sehr
Wenn ich mich daran muss erinnern
Wie wir um Essen mussten wimmern

Sehe ich heut ein Stückchen Brot
Das jemand auf den Boden schmiss
Wünsche ich diesem Hungersnot
Nur ein paar Tage, klar, gewiss

Hat man Geld im Überfluss
Vielleicht man trotzdem hungern muss
Doch hat man nur ein Stückchen Brot
Schwindet die Angst vor eignem Tod

Habe ich schon immer viel gelesen?

4te Klasse lern ich Lesen
Wie schön war das für mich gewesen?
Das Buch „Der Ritter im Tigerfell"
Las ich damals gern und schnell

Ich mochte auch die Bücher sehr
Geschrieben von dem Herrn Jules Verne
Müsst ich benennen Favoriten
„Ugryum-der Fluß" ich würd betiteln

Was hat mich dazu bewogen, nach Deutschland zu ziehen?

Chaos überall erneut
Erneut besaufen sich die Leut′
Die Wirtschaft geht zu Grunde
Die Angst macht ihre Runde

Wieder könnte es geschehen
Was Russlanddeutsche schon gesehen:
Die Angst vor einem Völkermord
Wir brauchten einen sicheren Ort

Was war die glücklichste Zeit in meinem Leben?

Im Altai, in all den Jahren
Die besten für mich waren
Zur Frau die Walja ich dort nahm
Das erste Kind zur Welt dort kam
Die Schule habe ich geliebt
Erfreut, was Zukunft uns noch gibt

Erzählen Sie mir von Ihren Brüdern und Schwestern?

Der Brüder hatte ich damals drei
Wowa, Sascha, Nikolai
Saschas Tod war großer Schmerz
Zu schwach zum Leben war sein Herz

Und der kleine Nikolai
Wurde nur gerad mal drei
In meiner Seele war ein Riss
Selbst heute manchmal ihn vermiss

Maria, ist die ältere Schwester
Zur ist die Beziehung fester
Noch eine Stiefschwester solls geben
Doch Nadja sah ich nie im Leben

Hatte ich in meiner Kindheit und Jugend irgendwelche Hobbys?

Singen und auf Pferden reiten
Durch Altais unendlich Weiten
War, was ich so gerne tat
Freude mir bereitet hat

Warum wurde ich gelobt? Wer hat mich öfter gelobt: meine Mutter oder mein Vater?

Von meiner Mutter ein Lob
War, wenn sie den Gürtel nicht hob
Zu fremd des Lobes Wort für sie
Darum lobte sie mich nie

Mein Vater lobte, wo er konnte
Für das Benehmen, gute Note
Und manchmal bei Gelegenheit
Nahm sich für's Motovieren Zeit

Wie war meine Mutter? Wie kann ich mich an sie erinnern?

Mein Mutter kam aus einem Bauerngeschlecht
Lieb zu zeigen, fiel ich sehr schlecht
Mit Schlägen hat sie uns erzogen
Auch wenn wir sie nicht mal betrogen

Die Russisch Sprache nie gelernt
Vom Vater auch nicht recht geschwärmt
Acht der Unterschied an Jahren
Zu verschieden beide waren

Für Vater waren Kinder heilig
Sie aber grüßte sie nur eilig
Er las was vor und spielte gern
Das war für Mutter viel zu fern

Oft suchte ich sie zu verstehen
Was war denn nur mit ihr geschehen?
Warum war sie so wie sie war?
Das ist bis heute mir nicht klar

Seit Krieg zu Ende war gegangen
Sie niemals Arbeit angefangen
Vielleicht wenn sprachliche Barriere
Für sie nicht da gewesen wäre

Vielleicht sie deshalb nie versucht
Und eine Arbeit sich gesucht?
Zur Kriegszeit hat sie das gemacht
Bei Arbeit meiste Zeit verbracht

Niemand gab es in der Stadt
Der Deutsch mit ihr geredet hat
Wir Kinder 19, 17, 15 Jahr
Jeder bei der Arbeit war

Wer ist den Mutter schon?
Die engste, liebste Person
Die dir das Leben schenkt
Das bitte stets bedenkt!

Wir liebten unsren Vater sehr
Er gab uns seiner Liebe mehr
Sollte Kummer uns ereilen
Mit Vater konnten wir das teilen

Mutter war an Trauer voll
Drum niemand schlechtes sagen soll
Sie hielt im Krieg uns alle zusammen
So dass wir nicht ums Leben kamen

Ich ziehe meinen Hut vor ihr
Und verneig mich jetzt und hier!

Was hat mich in meiner Kindheit und Jugend traurig ge-macht?

Vor dem Krieg, da war ich fünf
Was braucht da so ein kleiner Schlumpf?
Was zu Essen, Eltern hier
Jemand spielte auch mit mir

Anders ist es, wenn ist Krieg
Jeder hofft auf einen Sieg
Vater wurde eingezogen
Mutter uns allein erzogen

Ständig Hunger, Mutter schaffen
Wie konnten wir da ruhig schlafen?
Den Haushalt machten wir zu viert
So gut es ging wir ihn geführt

Ohne Garten, leerer Magen
Auch diesen wir, die Kinder tragen
Mutter pflügte, wir den Rest:
Da war das Ernten schon ein Fest

Zum Heizen, wenn kein Holz da ist
Begnügt man sich mit trocknem Mist
Durch die Felder suchend laufen
Denn ohne Geld, kein Holz zu kaufen

Nach dem Krieg, ich bin schon zehn
Lang sollt nicht alles besser gehen
Noch immer Hunger überall
Beleidigung war eine Qual

Du weißt nicht wirklich was das ist
Doch schimpfen Kinder: „Du Faschist"
Sich wehren, das war ja tabu
Denn in der Schule Schuld wärst du

Nicht immer konnt ich Ruhe waren
Ein mancher musste meine Wut erfahren
Irgendwann war es genug
Ich schlug mit dem, was ich grad trug

Wann bin ich das erste Mal auf ein Pferd gestiegen?

Das könnte ich mich auf noch fragen
Kann es aber euch nicht sagen
Ich erinnere mich noch gut
Mit Sieben brauchte ich den Mut

„Lehm kneten" ließ man mich mit sieben
Für Tage wunder Arsch geblieben
Denn ohne Sattel zu reiten
Das kann Schmerzen bereiten

Im Jahre ′53 dann
Ein Sattel ich mein nennen kann
Seit dem ritt ich bei Tag und Nacht
Jahre auf dem Pferd verbracht

Worauf war ich als Kind stolz? Worauf bin ich jetzt stolz?

Eine Eins in der Schule bekommen
Ich war stolz
40 Erdhörnchen mir nicht entkommen
Ich war stolz
Arbeit mit der Harke im Garten
Ich war stolz
Auf Urenkel muss nicht mehr warten
Ich bin stolz

Die Blütezeit der "Stagnation"

Stets ändert sich im Lande was
Wenn neue Besen kehren
Für uns war das nicht wirklich Spaß
Gab viel, sich zu beschweren

Neue Männer an der Macht
Doch eine Nacht bleibt eine Nacht
Die Männer haben das Sagen
Doch Frauen Schienen tragen

Den Bau neuer Schulen und Kindergärten
Begann die Führung neu zu bewerten
Trotz allem blieb es doch:
Überall das Mangelloch

Die Theken im Laden waren leer
Dafür gab es Wodka mehr
Die wahre Währung im Land
Die war jedem bekannt

Für eine Flasche zum Saufen
Ein Auto voll mit Kohle kaufen
Das Volk ertrank im Alkohol
Viele fanden es auch noch toll

Gorbatschow kam; neuer Besen
Im Vergleich er jung gewesen
Doch dieser Besen kehrte schwer
So gabs Sowjetunion nicht mehr

Für manche öffnete er was
Sehr viele fühlen nur Hass
Wenn sie an den gefleckten Denken
Ihm wollen keine Blumen schenken

Davor war die Ethnie jedem egal
Jetzt kam Nationalismus, manchmal brutal
Wer konnte, der suchte sich bessere Welt
Wir haben für uns Deutschland gewählt

Wäre ich in Kasachstan geblieben
Würd ich längst im Grabe liegen
Ja, wer hätte das geahnt
Was das Schicksal für uns plant?

Erzählen Sie uns von Ihren Erfahrungen nach der Geburt Ihres ersten Kindes

Von uns ein jeder jung noch war
Frau war noch keine 19 Jahr
Und wenn das Schicksal uns was brachte
Man nicht sofort vor Freude lachte

Man braucht Zeit, muss sich gewöhnen
Um es als wahr verstehen zu können
Dass ich bald schon Vater bin
Die Nachricht nahm ich locker hin

Aber an einen kleinen Mensch Gedanken
Brachten mich schon oft ins Wanken
Sie kommen vermehrt in deinen Kopf
Du denkst sehr oft das Geschöpf

Und wenn die Schwangerschaft ist schwer
Zerreißt es dich von innen sehr
Die Frau, das Kind, sie tun dir leid
Du hoffst, bald ist es schon soweit

Die Angst um beide treibt dich um
Du könntest heulen, doch bleibst stumm
Machtlosigkeit macht dich verloren
Ein Mann dafür nicht auserkoren

Die Schwangere, sie fühlt das Kind
Von diesem Glück fern Männer sind
An diese Kinder, diese Schönen
Muss Mann sich erst einmal gewöhnen

So klein, zerbrechlich wirkte sie
Drum hielt am Anfang ich sie nie
Dann schaust beim Stillen, Baden zu
Begreifst, der Vater, der bist du

Davor zusammen wart ihr zwei
Jetzt trägst Verantwortung für drei
Was in der Jugend siehst du nicht
Im Alter kommt die bessre Sicht

Der Zusammenbruch der UdSSR

Die große Länderunion
Bröckelte ja lange schon
10 Jahre Krieg Afghanistan
Langsam fragt sich jedermann:

Warum im fremden Land der Krieg
Endet nicht mit einem Sieg?
Warum sind Läden ständig leer
Für uns das Leben hier so schwer?

Essen nur für einen Bon
Wir bekommen keinen Lohn
Ich dacht, es wär vergessen
Doch wieder nichts zu Essen

Und wieder, wieder gleiche Masche
Die Leute greifen nach der Flasche
Nein, nicht wie in der Komödie
Es war eine Tragödie!

Meine ersten Eindrücke nach meiner Ankunft in Deutschland

Viel sind wir schon umgezogen
Doch war es stets im eignem Lande
Die Angst erneut hat uns bewogen
Nun zogen wir ins Unbekannte

Alles was ich habe
Hab ich hier erreicht
An dem ich mich gütlich labe
Jetzt einer Ferne weicht

Wie so viel beschrieben,
Es war kein leichtes Leben
Doch Heimat muss man lieben
Sie hat mir viel gegeben

Dort in der Fern wieder
Die Sprache wieder fremd
Sie singen andre Lieder
Tragen andres Hemd

Doch die Sorge treibt voran
Weil es erneut so werden kann
Wie es zur Kriegszeit war
Drum ist Entscheidung klar

Stellen Sie sich vor, man will einen Film über Ihr Leben drehen. Wer würde die Hauptrolle bekommen?

Das entscheide ich geschwind:
Mein jüngster Enkel, ich als Kind
Und der älteste Enkel dann
Spielt mich als jungen Mann

Epochale Ereignisse des 20. Jahrhunderts, erlebt von Ihnen

Der Tag des Sieges, das ist klar
Auch wenn mir das nicht ganz klar war
Menschen umarmten sich, sie lachten
Ich fragte mich, warum sie es machten

Neun Jahre war ich da erst alt
Mich ließ das Ganze erst mal kalt
Der Körper förmlich schrie nach Essen
Den Rest konnt ich getrost vergessen

Doch dann verstand ich, was das heißt
Dass Vater bald nach Hause reist
Und diesen Tag vergesse ich nie
Wahr wurde größte Fantasie

In den Achtzigern dann
Krieg in Afghanistan
Zuerst eine Hilfsmission
Wir erfuhren kaum davon

Doch als die ersten Särge kamen
Die Wahrheit wir vernahmen
Junge Männer im Krieg erneut
Hat nichts geändert sich bis heut

Wann habe ich zum ersten Mal einen Stummfilm gesehen?

„Sieben tapfere Männer", hieß der Streifen
Im Jahr 45, für mich nicht zu begreifen
Als Stummfilm ihn zuerst gesehen
Dann synchronisiert konnt ich verstehen

Epochale Ereignisse des 20. Jahrhunderts

Stalins Tod, ein Riesenschock
Es weinte nicht nur, wer mit Rock
Die Jungen weinten, Lehrer auch
Als wäre es ein alter Brauch

Wenn ich jetzt kann reflektieren
Frag ich, wie konnte das passieren?
Dass alle Tränen haben vergossen
Als wär der Liebste Mensch erschossen

Doch muss man weiter Denken
Dem Volk Verständnis schenken
Damals niemand so gerühmt
Kein andrer Mensch war so berühmt

Was er sagte, galt als richtig
Geschichten über ihn sehr wichtig
Aus heutiger Sicht, mit klaren Augen
Kann jeder prüfen, was sie taugen

Kann ich mich an mein schlechtes Verhalten als Kind erinnern? Was war die Strafe?

Verwöhnen konnte Mutter nicht
Erzieh durch Schläge, ihre Sicht
Sie nahm den Gürtel und schlug zu
Weil jemand sagte, schuld seist du

Mit Arbeit uns bestrafen
Konnte Mutter schaffen
Zusätzlich drei oder vier Beete
Wenn ich doch die Kraft nur hätte

Doch jetzt, wo selber alt
Versteh ich sie, sie war nicht kalt
Es war die Grausamkeit der Zeit
Von Sorgen war sie nie befreit

Ich bin mir sicher heute
Dass sie es nachts bereute
Gott um Vergebung bat
Und hoff, dass sie sie hat

Bin 17 und ein junger Mann
Mit Jungs stand da und rauchte
Mutter ging nach draußen dann
Rief mich, weil sie was brauchte

Sie wusste, dass ich rauchte
Weil sie mir den Tabak kaufte
Doch etwas schien nicht zu gefallen
Ins Haus ich sollte mich beeilen

Hier beschloss sie: Mich bestrafen
Begann den Riemen fest zu straffen
Doch riss ich ihn aus ihrer Hand
Und im Ofen er verschwand

Ich traute endlich ihr zu sagen:
„Nie wieder wirst du mich jetzt schlagen!"
Das Thema endete sofort
Lang sprach sie nicht mit mir ein Wort

Ein epochales Ereignis des 20. Jahrhunderts

Es war die Jahrtausendwende
Die D-Mark Ära geht zu Ende
Sechs Monate im Krankenhaus
Es war sehr schwer, doch bin raus

Die Welt am Abgrund, Kuba Krise
Die Propaganda, welch ein Riese
Wir lasen nur, was Chruschtschow wollte
Staat sagte, was man wissen sollte

**Wovor hatte ich als Kind, als Jugendlicher, als Erwachsener
und jetzt am meisten Angst?**

Vielleicht von euch lacht jetzt ein jeder
Ich fürchtete echt eine Feder
Damit ich das Zimmer nicht einfach verließ
An der Schwelle die Feder Mutter beließ

Gordyi, war ein prächtiger Stier
Weiß, flauschig, groß und stark
Erst dicke Freunde waren wir
Kraulen liebte er ganz arg

Ich melkte gerade eine Kuh
Plötzlich kam er von hinten dazu
Wollte die Kuh besteigen
Weil eben Bullen dazu neigen

Das durfte er nicht wagen
Und ich hab ihn geschlagen
Das konnte er mir nicht verzeihen
Suchte stets, wo ich könnt sein

Kaum stieg ich vom Pferd entspannt
Kam er wütend angerannt
Dass er mich doch einmal schnappt
Davor hab ich Angst gehabt

Die Angst wird anders, wenn man reift
Die Angst um Kinder dich ergreift
Doch nun fürcht ich nur eine Sache:
Dass nichts bettlägerig mich mache

Wovon haben meine zukünftige Frau und ich geträumt, bevor wir geheiratet haben?

Da kann ich kurze Antwort geben:
Zu Finden meinen Platz im Leben!

Was würde ich anders machen, wenn ich eine zweite Chance hätte?

Verändert hat sich unsere Welt
Auch Menschen ändern sich
Drum hätt nach vorne ich gestellt:
Gute Ausbildung auch für mich

Auch ist in mir des Wunsches Keim
Ein großes, helles Eigenheim
Gemütlich, warm, wie ich das mag
Ich träume so von diesem Tag

Mein erstes Enkelkind

Natascha und Fjodor kamen zurück
Berichteten von dem baldig Glück:
Der erste Enkel ist bald da
Ich nicht sofort hoch jauchzend war

Zu wissen, man wird Opa sein
Darauf stellt man sich erst ein
Gewissheit hab ich erst gefühlt
Als ich im Arm den Enkel hielt

Doch wenn er dich dann Opa nennt
Die Freude keine Grenze kennt
Neun Enkelkinder sind jetzt mein
Und wie viele deren Kinder sein?

Erzählen Sie mir ein oder zwei lustige Geschichten über Ihre Kinder.

Das Gemüt wird leider nicht erhellt
Bei der ersten Geschichte, die mir einfällt:
Im Altai, im Vaters Haus
Zum Spielen gingen Kinder raus

Plötzlich dann ein Staubsturm drehte
In Iras Auge Staubkorn wehte
Da nichts einfaches geholfen hat
So müssen wir doch in die Stadt

Doch Busse fahren nicht so oft
Wie wir hatten es gehofft
Die Nadel war des Arztes Wahl
Damit begann Irenas Qual

Sie wehrte sich, sie schrie
So hörten wir es noch nie
Wir wickelten sie sein
So sollt es möglich sein

Ihre Schreie, ihr Flehen
Würd ich gern machen ungeschehen
Eine Nadel vor dem Auge sehen
Ich kann mein Töchterchen verstehen

Das arme Kind schrie wie besessen
Ich werde das niemals vergessen
Beim Schreiben, es mein Herz mir bricht
Mir fließen Tränen durchs Gesicht

Natürlich gabs auch schönes viel
Ich euch nun was erzählen will:
Die Arbeit aus, ich komm nach Haus
Da läuft Irene freudig raus

Ich frage sie: „Was ist passiert?"
Doch sie redet ganz verwirrt
„Die Katze, Babys ausgekotzt"
Da habe ich erst mal geglotzt

Ausgekotzt und nicht geboren
Die Worte, die ich musste hören
Was meinte sie damit genau?
Ich wurde daraus erst nicht schlau

„Kätzchen aus dem Mund gekommen"
Hab ich dann von ihr vernommen
Dann wurde es mir klar
Was des Rätsels Lösung war:

Die Katze hat den Wurf geleckt
Da die Wahrheit war versteckt!
Ich stimmte mit ihr überein
Dass Katz durch Mund geboren seien

Natascha hat auch was gemacht
Mich in Verlegenheit gebracht
In der Schule musst sie schreiben
Was sie zu Hause denn so treiben

Sie schrieb, sie wasche das Geschirr
Macht Hausaufgaben, zeigt sie mir
Dann geht sie, um etwas zu spielen
So war der Tag damals bei vielen

Doch vor dem Schlafengehen
So musste es im Aufsatz stehen
Sie Papas Rücken immer kratzt
Ich bin vor Scham beinah geplatzt:

Beim Elternabend es gewesen
Der Aufsatz wurde laut gelesen
Die Namen wurden nicht genannt
Das hat mich dann etwas entspannt

Doch Mutter war am Abend dort
Verstand, um wen es geht, sofort
Es folgte dann ein Monolog
Der sich in die Länge zog

Warum ich Wahrheit soll verrücken?
Wenn mir kratzt jemand meinen Rücken
Ich liebe und genieß ich das
Ich tue schließlich keinem was

Ach ja, und noch etwas!

Was mit meiner Großmutter geschah
Wo letzte Ruhestätte war
Das weiß heute keiner mehr
Schön, wenn das doch anders wär

Von ihren Töchtern, sie wurde getrennt
Wo das war, heut keiner kennt
Meine Tante erzählte, wie sie rief
Dem Auto hinterher sie lief

Das ihr die Töchter nehmen wollte
Ab da sie niemand mehr sehen sollte
Großvater hat es auch nicht geschafft
Er steckte ohne Grund in Haft

Welche Gefahr ging von ihnen aus
Dass man ihnen antat diesen Graus?
Gern würde ich das Wissen kriegen
Wo ihre Gebeine heute liegen